蕨の家◉上野英信と晴子

本文カット＝上野　朱

蕨の家

上野英信と晴子

上野　朱

海鳥社

はじめに

一九九六年四月、筑豊文庫の建物は姿を消した。上野英信《えいしん》、晴子《はるこ》、朱《あかし》の私たち親子三人が筑豊炭田の一隅、福岡県鞍手《くらて》に移り住んだのは、世の中が東京オリンピックに浮かれ、明るい豊かな未来を夢見ていた一九六四年の春のこと、それから三十二年がたっていた。

崩れた共同便所の跡に建てられた台所と風呂と座敷二間の小さな家を出発点として、そばのこれも崩れかけた坑夫長屋を補修。図書室、剣道場兼集会所、事務室、居間を備えた「筑豊文庫」として正式に発足したのが一九六五年一月十五日である。

その門出に父は近隣の人々や支援の仲間を招き、次のような宣言文を掲げた。


筑豊が暗黒と汚辱の廃墟として滅びることを拒み、未来の眞に人間的なるものの光明と英智の火種であることを欲する人びとによって創立されたこの筑豊文庫を足場として、われわれは炭鉱労働者の自立と解放のためにすべてをささげて闘うことをここに宣言する。

やや力みも見えるこの宣言文は、言ってみれば父の、自分自身への決意の確認でもあろう。炭鉱の記録者として自らをこの廃鉱集落に埋め、この地で日本の近代と闘うのだという出陣の前のような高揚した意識が、こうした調子の高い宣言文を書かせたのではないかと思う。

その宣言通り父はすべてをささげ尽くした。あるときは隣人のための仲裁者や相談相手として、あるときは筑豊を訪れる人の案内者として奔走した。またあるときは炭鉱絵師山本作兵衛翁の一周忌記念祭や、遠賀川流域を徹夜で歩く五・五川筋隊を企画し、「筑豊に誇りを持て」という旗を振った。上野英信の肩書きは作家である。しかし物書きとしてより運動者として活動しているときの方が父は活き活きとしているように私には見えた。

また筑豊文庫という容れ物も時に応じてそのありようを変えた。地域のための公民館であったり、スラ、テボなどの道具類から薄っぺらな炭券一枚に至るまで大切に保存する資料館であったり、部屋全体を坑道に見立てた美術館であったりした。その時どきの父の意識の変化に応じて、あたかも古くなった細胞が新しいそれと置き換わるように文庫もその姿を変えたので、それぞれの人に記憶されている筑豊文庫の印象が食い違うのも無理もない。身長一七六センチの父であったが、私にはこの古びた建物全体が父の骨格であったように思える。そしてその骨格を内から支えているのが母、晴子であった。

地の底で先山《さきやま》がいくら懸命に炭を掘ったところで、後山《あとやま》がそれを地上へ曳き出さなければ自分が掘った炭に埋もれてしまうだろう。母は父の後山として働き続けた。我が家で母の料理を口にした人の数はどれくらいになるのだろうか。普通の女性が一生の間に作るおそらく数十倍の皿数を母は作ったことであろう。今でも晴子の手料理として多くの人の舌に記憶されている味は、ここで母が生きた証でもある。同時に母は作家上野英信の最も身近な批評者でもあった。文章においても生き方においても妻の目の前でみっともないことはできぬ。冷静な妻の視線を背に感じながらの作家業、夫業もなかなか易しいことではなかっただろう。

さてこの英信と晴子の間のただ一人の子として生まれた私は、福岡市からここへ越してきた当時まだ小学二年生であり、筑豊がなんであるか、両親がここでなにをしようとしているのかなど、まったくわからなかった。ただこの二人の子としてついてきただけだった。その後十八歳までをこの家で共に暮らし、一年半の東京暮らしを経て再び筑豊へ戻ってきた。その間に父は『廃鉱譜』『眉屋私記』『写真万葉録・筑豊』などを世に送り、一九八七年十一月に死去。母も一九九七年八月に、生涯ただ一冊のエッセイ集『キジバトの記』の原稿を残して死んだ。

筑豊文庫については多くの人々がそれぞれの思い出と共に記憶されていることだろう。また、上野英信の記録文学についての評価、批判も様々である。私はここで筑豊文庫についての総括をするつもりはなく、両親の評伝を書こうとも思わない。そしてまた書けもしない。身近にいた者には身近すぎて見えない事柄も多く、正確な評価をしようなどと試みるとかえって変な具合になってしまいそうだ。ただここに子どもの目から見た記録文学者夫婦の、ときには滑稽なやりとりや、かかわりのあった人のことなどを思い出しつつ書き記しておくだけである。

公平に見て私は父側の人間ではなかった。いつも母の背中に隠れて父の様子をうかがう子だった。父から見れば情けない男の子だったことだろう。であるからこれは正面切って父親、上野英信を見据えた文章ではなく、台所から見た両親の後ろ姿である。

夫英信との暮らしを綴った母の遺稿集は好意的に迎えられた。恐らく本人も予想できなかったであろう歓迎のされ方だった。しかし「まだまだおかしい、書いておきたい話もあるのよね」と語っていた母。私のこの文章が『キジバトの記』の補遺にでもなれば幸いである。

上野　朱

蕨の家◉目次

酒瓶と宝石 —— 67

看板を下ろす日 ―― 143

遠い火花

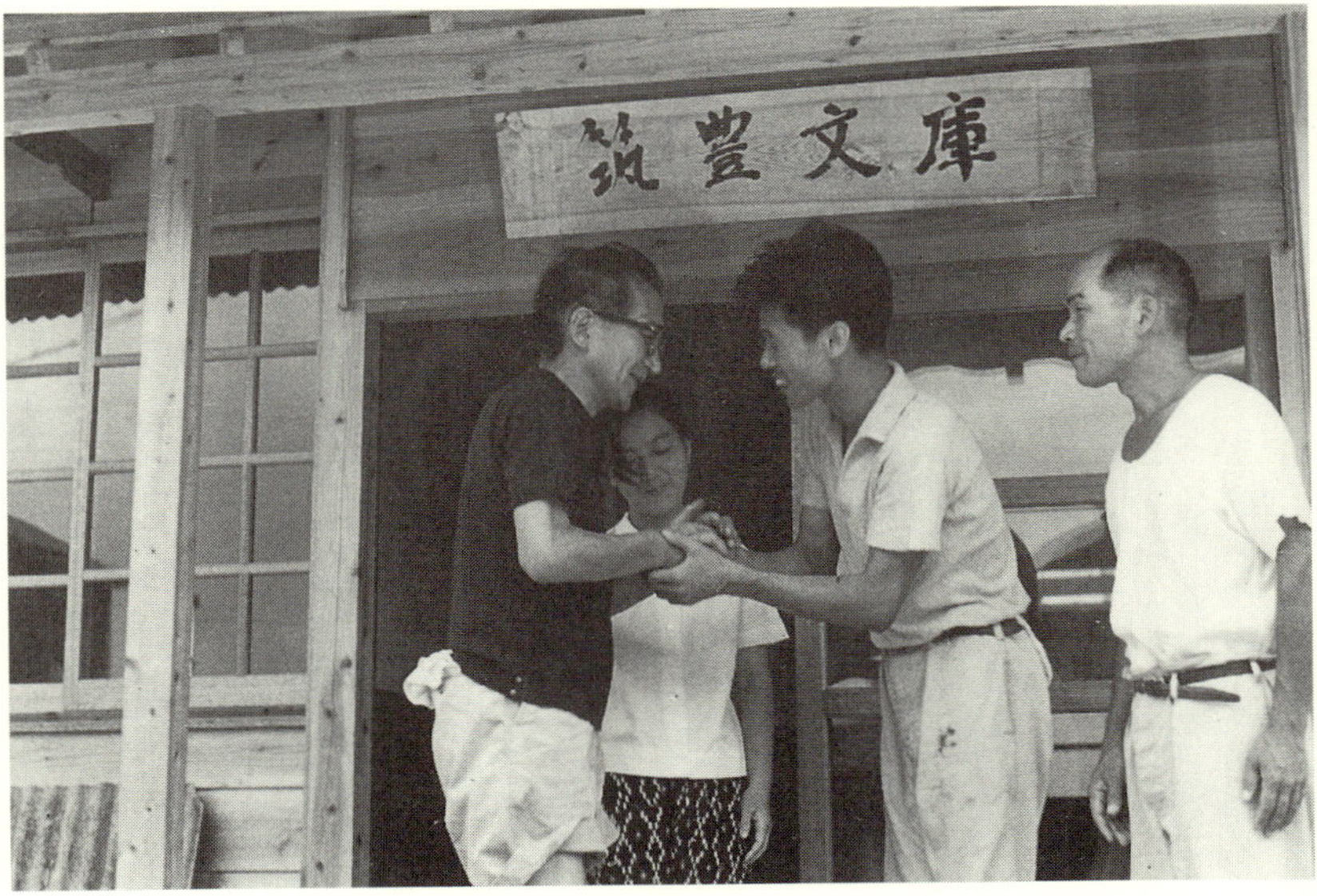

左から正田誠一、上野晴子、上野英信、野上吉哉。1964年 8 月 1 日

1963年、筑豊文庫予定地にて、野上吉哉

鞍手郡新延六反田の旧炭住地帯。中央の棟が筑豊文庫

1963年、筑豊文庫予定地にて、野上吉哉と上野英信（左）

建設途中の筑豊文庫にて、上野夫婦と朱

1964年、出来上がった筑豊文庫

1967年、筑豊文庫にて

遠い火花

一九八七年秋の夜、鞍手《くらて》町立病院の一室で私は意識の無くなった父に付き添いながら、病室の窓の彼方を通過する新幹線の、列車のパンタグラフと架線が発する青白い火花を見ていた。

父はその年の初めに食道癌が見つかり、九州大学付属病院で温熱治療と放射線治療を受けて一時回復。八月末にだるさを訴えて検査の結果、脳橋部へ転移していることがわかった。しかし手術も不可能な場所で打つ手はなく、あとは死ぬのを待つばかりという状態だったが、父には重度の貧血と伝えられていた。

そもそも最初に病院へ行くのが遅すぎたのだ。前年の十二月近くから食物が喉を通りづらくなっていたのに、『写真万葉録・筑豊』の完成に必死で、自分の体のことなど顧みもしなかった。常日頃「医者は無理なことを言う。病気になったらあれしちゃいかん、これしちゃいかんと言うが、好きなことをさせながら治すのが医者だろうが」と無理なことを言っていた父である。ずっと以前、ある冬の夜に熱を出した父を心配した母が往診を頼もうとしたところ「そんなことをしてみろ、ぼくは今から裸で外を走り回って死んでしまうぞ！」と脅して母を屈服させたことさえある。

そんな筋金入りの病院嫌いを皆が知っていたので、受診を勧めることがためらわれた。怒りだすのが目に見えているので家族でさえためらっていたのだが、親しい友人の一人が意を決して「先生、病院へ行ってください」と頼んだ。途端、父が放ったのは「ぼくに病院へ行けと言うのか。君の正体を見た。君は保守反動だ！」という言葉だった。受診を勧めるのが保守反動か、と彼も私たちもあきれるばかり。

そのうちに上野英信が具合が悪いらしいという噂が広がり、見舞いの人が訪れるようになる。すると病気のはずの上野英信は案外平気な顔をして、いつものように酒をすすめてくる。そのときの母の心配そうな表情や、父の痩せ具合に敏感に気付いた人は口実を作ってでも酒を辞し、早々に引き揚げて行かれるのだが、多くの場合「液体と気体が通ればまだ大丈夫なのです」などという父のペースに巻き込まれ、注がれる酒に呑み込まれていつもの酒盛りになってしまうのだった。しかしそれはこれまで二十数年繰り返されてきた「筑豊文庫の酒宴」ではなく、英信が死へ向かう酒宴である。食物が喉を通らなくなった夫と来客のためにあつらえる肴。母にとってこんな悲しい料理はなかったに違いない。

こうやって我を張り通してきた父であったが、薄いお粥以外は喉を通らない日々が続けば体力も落ちる。いくら飲んでも来客の前では乱れることはなく姿勢も崩れなかった父であるが、そのうちに正座もできず胡座をかくことも辛くなったのだろう。座り机を前にして背中を壁にもたせかけ、ぐんにゃりと座って応対するようになっていった。ここに及んでさすがの父もついに観念したのか、ある古い親友の説得を容れて病院へ行ってみることにした。「こうやって酒とタバコだけで命をつないで、自然に死んでゆくわけにはいかんだろうかね」と私に言った父の、ちょっと甘えたような、どこか寂しそうな表情が忘れられないでいる。

隣市の胃腸科で透視を受けてきた父は上機嫌であった。

「先生がな、あった、これだ！ と叫ばれたのだ」というのである。バリウムを飲んで撮影したフィルムには、癌によって押しつぶされた食道の隙間をかろうじて流れ下る幾筋かのそれが、白い糸のように写っていたとのこと。

「きみ、それはまさに『瀧の白糸』だぞ。美しいものだ」

この表現が自分で気に入ったらしく、以後は病状を尋ねる人ごとにこの「瀧の白糸」を吹聴した。そして付け加えるのである。「だから酒とタバコ以外はだめなのです」と。

しかしこうやって一旦病院の門をくぐってしまえば後は抵抗なく、医師の指示通りに入院の準備を整え、いよいよ九大に入院するその朝も「じゃ、おかあさん、行ってくる」とちょっと散歩に出かけるように、家を後にしたのだった。しかし父と私が出かけた後、それまで父が寝ていた布団を畳むときが悲しくてたまらなかった、と母は後に語っていた。

九大病院に入って最初にあったのは、看護婦による問診だった。

―お酒はどのくらい飲まれますか？

「日本酒に換算すると一合か二合くらいです」

―タバコは？

「一日に四十本程度」

と臆面もなく過少申告する父。「酒はウイスキー五、六杯は軽く。タバコは多ければ百本」と情け容赦なく修正申告する私。入院に付き添ってくださっていた宮崎の作家、川原一之さんもなんと言っていいやら困った様子だった。

―タバコを吸われていると、もし手術になった場合に痰が多くて大変ですから、やめていただいたほうが良いのですが。

タバコをやめろなどと母や私が言ったら大変なことだ。たちまち怒りだすことだろう。しかしここは「いいふりこきの英信」の面目躍如、看護婦さんには従順だ。

「わかりました」

そして川原さんにもこう言った。「あなたに誓いましょう。ぼくはタバコをやめます」。後日、病床で父がつけていた日記をのぞいてみると、当日のこんな記述があった。

「今日で煙草をやめた。これからは川原さんの友情を胸一杯に吸って生きるのだ」

その言葉通りみごとにタバコをやめた父は温熱治療や放射線照射に耐え、約三ヶ月の入院生活を経て一九八七年五月に退院した。そして周囲の止めるのも聞かずすぐに東京へ行き、八月下旬には『眉屋私記』戦後編の取材のため沖縄へ行こうとして倒れたのだ。

鞍手町立病院に入院してほどなく、病室で私と二人きりになったときに父が急にこう言った。

「おとうさんはもういつ死んでもいいのだ」

致命的なところに転移していることは本人には知らせていなかったので、見抜かれたような気がして言葉を失っている私に、ゆっくりと穏やかな口調でこう続けた。

「おとうさんはこれまで精一杯やってきた。いい加減な仕事をしたつもりはない。ここでこう言い切れる自分をほめてやってもいいいと思う」

そして私を見て笑みを浮かべた。

このころから父の口調が妙にゆっくりとしてきたのに気が付いた。それは父の命がこれから一気に坂をかけ下って行く前兆だった。この後運動障害や嚥下障害、「まもなく帰る、とおかあさんに電話をかけてきてくれ」などといった意識障害が続けざまに現れ、十月も半ばを過ぎるとほとんど反応がない状態になった。

母が異常な言動を見せ始めたのもこのころだった。当時二歳の孫が汲み取り式の便所に落ちるに違いない、と騒いだり、線路に吸い込まれそうで電車に乗れない、と言ったこともある。そしてついに「おとうさんからひっきりなしに電波が来る。筑豊文庫の暗がりになにかいて怖い」と家を飛び出し、知人の家に転がり込んでしまった。もう病院へも寄りつかない。そこで昼間の付き添いは父の妹二人に頼み、夜は私が父のそばにいた。

後で考えてみれば、あれは母が目の前に迫った夫の死という現実を、無理矢理に呑み下そうとする苦しみではなかったろうか。あの強健な英信が死ぬわけがない、自分を叱り続けた夫がものを言わなくなるわけがない。そのことを事実として認めたくなかったのではないかと思う。実際父が死んだ途端、母は憑き物が落ちたように正気を取り戻した。そして省みて「あれは敵前逃亡よね」と自身を評していた。

ともあれ、父は間もなく死ぬ。母は狂った。そんな夜に見る列車の灯は悲しい。車窓の中には何百人かの、まだ死など縁遠い人々が乗っていてさざめいているのだろうと思うと、その見知らぬ人々の生きている命が恨めしくもあり、自分と父母だけが暗い宇宙を漂っているような寒さを感じた。

青白い火花と明るい車窓、今でもこれを見るたび、私は十二年前の夜の病室に引き戻されてしまうのである。

豚児の剣

数枚の写真がある。父がボタ土の広場で近所の子どもたちを集めて剣道を教えている場面だ。にこにこしながら防具をつけてやったり、竹刀の持ち方を教えたりしている。また頭に手ぬぐいを巻いたまま、ひと休みして汗を拭いている姿もある。子どもたちに囲まれた「剣道のシェンシェ」は実に幸せそうな、楽しくてたまらないといった表情をしている。しかしその子どもたちの中に、私の顔は無い。別に一枚だけ、私が防具をつけて写っている写真があるが、それはたまたまそこに居合わせたため、来客の要望でそんな恰好をする羽目になっただけで、撮影が終わるやいなや私は防具を外してしまった。私の剣道着姿の写真はただこの一枚のみである。

季節はいつだったか忘れてしまったが、福岡市へ行っていた父が大荷物を抱えて帰ってきた。「いいものを買ってきたんだ」と上機嫌である。包みを解くと出てきたのは面頬、胴、籠手、竹刀など、剣道用具一式だった。父は小学生のころから道場に通って剣道に親しんだというし、旧制八幡中学時代も激しい稽古に血尿を出すほど剣道に打ち込み、軍隊では真剣を用いた模範演武をやったというのが自慢のひとつだった。上野英信の姿勢の良さというのは有名であったが、これも剣道のおかげであろう。そして父は自分が心身を鍛えたこの武道で近隣の少年たちを鍛えよう、自信を持って顔を上げさせようとしたのだろう。

ない金をはたいてやっと求めてきた用具であり、父にとっても久しぶりの竹刀の感触に胸が躍るのだろう、「ほら朱、早くつけろ」とせきたてる。しかし防具など見るのも初めての私にはつけ方がわからない。おまけにたくさんの紐がついていて、なんだかややこしいもののようだ。まごまごしていると「つけかたも知らないのか」と舌打ちをして私に面をかぶらせ、胴をつけ、そのいまいましい紐で締め上げた。そして竹刀を持たせて「表へ出ろ」と言う。当時の表の道はまだ砂利道であった。そこへ私を連れ出した父は「さあ、どこからでも打ちかかってこい」と竹刀をぴたりと構えた。

そのころの私は身長約一三〇センチ。父とは五〇センチ近い差があり、背筋を伸ばし竹刀を構えた父は見上げるばかり。それに初めて握った竹刀の、そもそも右手と左手どちらが上かさえ知らず、またなんの防具もつけていない父にもしも当たったら痛いだろうな、と戸惑っていたとき急に父が踏み込んできた。そして「メーン、メン、メン、メン、メーン!」という掛け声と共に数発の衝撃が私の頭を襲った。なにが起こったのか咄嗟にはわからずにいる私に「かかってこんのなら、こっちからゆくぞ」そしてさらに頭といわず籠手といわず、乱打の嵐。なんだか悲しくなってきた私が立ち尽くしていると、父は「なあんだ、ダメだなあ」というひとことを投げつけて、さっさと家の中へ入ってしまった。そのとき道の真ん中で「こんなくそ面白くもないもの、誰がするもんか」と私は心に決めたのだった。以来あの一枚の写真以外、私は竹刀を握ったことがない。

上段からの乱打を受けてなお、たとえそれが滅茶苦茶であっても立ち向かってくる息子だったら、父も嬉しかっただろう。しかし私はそんな気骨のある子どもではなく、この日が剣道との出会いと同時に別れの日になってしまった。

「酒闘・武闘・文闘」という言葉を父は好んだ。文士たる者その文章は勿論のこと、酒や武術においても後れをとってはならぬ、というのである。打ち倒されても捻じ伏せられても、起き上がって立ち向かう人間が好きだったし、自身もそうあるべく心がけていた。酒闘といえば、酒の飲めない男性を一段割り引いて見る傾向があったし、男尊女卑の気風を根深く残しているにもかかわらず、酒豪の女性はそれだけで「素晴らしい女性」だった。

文闘については、飾りの多い文章や思想的な用語を多用した文章を嫌い、無駄なものを削ぎ落とし削ぎ落としとした最後に残るのが本当の文章だ、というのが口癖であった。あるときは書評の中に「上野英信の武骨な文章」という言葉があるのを見つけ、「ぼくのは武骨かなあ」と言いながら、級友の前で先生にほめられた子どものような表情を見せた。その削ぎ落としのためには、せっかく書き終えた原稿を全部反故にして、最初から書き直すこともしばしばだった。そのとき父はこう言うのだ。

「おかあさん、根本的に書き直す」

「あたしはあの言葉を聞くとぞっとする」と母は言う。父が根本的書き直しを宣言した途端、また家中が息の詰まるような日々が始まるからだ。

だから私は思う。父の文闘とは、他人と文章で闘い論破することよりも、自分の文章と闘い、その文章を鍛えることではなかったのかと。走り出そうとするペンを押さえつけ、石に刻むように書いてゆく、それが父が自分に課した文闘だったように思える。

そんな父の子として、私は五歳で「ボクハブンガクヲヤメタ」と文闘の放棄を宣言し、小学校低学年にして早くも武闘も放り出した。まったく情けない息子だと思ったことだろう。えらくあっさりと私に剣道をさせることを諦め、私は剣道場の掃除という役目になった。さらにこの豚児は二十歳を過ぎてからはあまり酒も飲まなくなり、酒闘まで放り出したのである。己が唱えた「酒闘・武闘・文闘」の三闘が、まず我が子から崩れてゆく皮肉。父の無念さを思えば、遺影に向かって「ごめんね」と頭を下げるばかりである。

誰が銃を構えたか

「密室変死事件」というタイトルの文章がある。父が「西日本新聞」に連載した「ボタ拾い」というエッセイの中の一編で、要約するとこのような話。

東京のホテルに泊まっていた上野英信、夜中に大音響で目が覚めた。見ればベッドサイドの小卓の厚いガラスが粉々に割れ、自分の後頭部には血がべったりと付いている。いったいどうしたことかと考えてみると、直前まで見ていた夢が原因らしい。

その夢は自分が妻を銃で撃とうとすると、息子が走り出てその母をかばおうとする。追い払って撃とうとするとまた邪魔をする。それを繰り返す間にどうやら自分はベッドに立ち上がっていたらしく、夢が途切れると同時に倒れて頭を打ったに違いない……。

この「ボタ拾い」は重い、暗いと評されがちな父にしては、珍しく柔らかな語り口で、且つその中に鋭い棘も含まれていて、私の好きな作品のひとつでもある。「短編は居合いだ。一瞬の切れ味が勝敗を決するのだ」という父の、その切れがよく表れている文章群だと私は思っている。

しかしながら、である。この「密室変死事件」はわかっているだけで三つのパターンがあるのだ。ひとつめは活字になったこの形。ふたつめは父がこれを書く以前、頭を打って東京から帰り、すぐに私たちに身振り手振りを交えて語って聞かせた次のような形。

それによると銃を構えていたのは息子の私で、自分が妻の晴子を殴ろうとしていると息子が自分に銃口を向けてくる。「朱、危ない！　撃つな！」と振り払っているうちに倒れて頭を打った、というもの。ガラスを割ったことに気付いた父は、その上に灰皿や水差しなどを置いてすぐには見つからぬようにし、血の付いた寝具は洗面所で洗って乾かして、素知らぬ顔をしてチェックアウトしてきたという。「だってきみ、シーツに血など付いてみろ、この部屋の客はなにをしていたんだと思われるじゃないか」と父はにやにやした。

さらにもうひとつは「ボタ拾い」に書いた後に、父自身が人に語っていた「夢の中で女房がぼくを鉄砲で撃とうとして、実際にけがをしてしまったのです」という形。

割れたガラスとけがをした頭は変わらないのだが、銃を構えた容疑者が三人もいることになってしまった。母と私は「確かに朱が鉄砲を持っていた、と聞いたよね」と語り合ったものだが、なにしろ事件が起きたのは作家の頭のそれも夢の中であり、現場検証のしようもない。

父はこの文章の後半で、ある人によるこの夢についての分析を披露する。

「(妻を) 愛している証拠です……銃は男性の愛の象徴であり、子どもは夫婦の愛の営みの妨害者そのものだというのである」と。

「あれって、俺様はまだ現役だっていうことを世間に知らせたかったのかしら」と母は呆れたように言った。父宛に届く手紙の、英信という名の傍に〈御令閨様〉などと書いてあると「ふん、いやらしい。御空閨様よ」と言っていた母である。無論こんなことは父には言えぬが。

ともあれ容疑者三人のうち二人までが死んだ。そして父の書いた文章やおもしろおかしく語った話は一人歩きをする。記録文学者として事実を確かめるためなら、地球の反対側まで行くことも厭わなかった上野英信であるが、この夢の真相は闇の中に消えてしまった。密室変死事件の謎は深まるばかりである。

遺跡発見

老朽化と白蟻の食害によって、私たちの住まいであった「筑豊文庫」を取り壊すその日、カメラやマイクを担いだ放送局や新聞社の人々が朝から集まってきた。母と私は筑豊文庫は上野英信が亡くなったとき同時にその命を終えたものだと思っていたし、保存していた資料や書籍の類もすべて他所へ移転を済ませていたので、この日は住み慣れた家を壊すそれだけだったのだが、マスコミにはニュースとしての価値があると判断されたのであろう。夕刊に載せる写真の入稿リミットから逆算して、時間がないから建物のど真ん中にある玄関を最初に崩してくれないかと解体業者の人に頼んだり、私のインタビューを撮ったりとなかなか忙しいのである。近所の人も「上野先生んがたを壊すち」と集まってきた。

そのうちにユンボのエンジンが始動し、鉄のはさみの第一撃が建物の北の端、便所と倉庫の屋根に食い込んだ。そもそも昭和の初期に建てられた坑夫長屋であるから、快適に住めるよう頑丈に造ってあるはずもない。普通の民家にあるような基礎もなく、土に並べた煉瓦の上にいきなり材木を寝かせ、そこへ柱を叩き込んであるような建物だ。昔はあったはずの土壁も、私たちが越してきたときにはもうほとんど崩れ落ちていて、その骨組みだけになったようなところへ内側からベニヤ、外からは杉板を打ち付けて家らしくしてあっただけだ。ユンボが唸りをあげるたびにもうもうと土埃をあげ、窓ガラスの割れる音を立てながらまるで薄板の弁当箱を踏み潰すようにたやすく壊れてゆき、それにつれて取材陣も移動する。そして鉄のはさみが玄関に達したとき、シャッター音も最高潮に達した。

母屋から少しだけ張り出した玄関部分を一息には崩さず、そこだけをあたかも寺の山門のように残してユンボはひとつ息をついた。それから両脇の二本の柱に支えられた玄関の屋根を軽く横に押すと、これまで何千人を越す人々が出入りした玄関はゆっくりと倒れていった。みごとな崩し方であった。取材陣への、解体業の親方からのサービスだったのだろう。

こうやって剣道場、図書室、玄関、酒宴と議論の場であった居間を含む全長約三〇メートルの母屋が崩されると各社の人々は一斉に引き揚げ、そこから鉤の手に曲がった棟、つまり私たちが最初に住み、上野英信の書斎でもあった棟が壊されるときには、もう誰も残っていなかった。この間約二時間。あっけない最期であった。

この解体と取材の模様が、その後同所に家を新築するための基礎屋さんを経て大工さんに伝わったときには、いささか違った話になっていた。いわく、「ここの古い家を壊したときはテレビやらいっぱいきとったそうで、遺跡かなんか出たんでしょ」というのだ。

「まあ、似たようなものです」と私は答えた。大工さんの問いにいい加減に答えたのではない。遺跡という言葉があまりにぴったりだったので、思わずそう答えてしまったのだ。大工さんの台詞を少し訂正するなら、「かつて遺跡があった」のである。

父が死んで後の筑豊文庫は、もう筑豊文庫ではなかった。建物があり資料があっても上野英信がいないことには、そこは筑豊文庫とは私たちには思えなかった。母や私が知りもしない炭鉱のことを語ることは許されない。満洲や原爆、炭鉱を生きた父がいて訪問者と語り合うのが筑豊文庫であり、父亡き後のそれはまさに遺跡、もしくは火葬を待つ遺体だった。こんな遺族の考えはなかなか理解されないらしく「筑豊文庫を永遠に保存してほしい」とよく言われた。なかには「晴子さんという人を見てみたい」という申し込みさえあった。さすがに母は「あたしは見せ物ではない」と怒り、「客寄せパンダ」と私は笑った。

取り壊しは見たくない、と母は現場にこなかった。その前日にやってきて家中を見て回り、何度も寄りかかっては溜息をついたであろう台所の柱にさわり、庭をひと回りして別れを告げた。

キャタピラの下で廃材と化してゆく「筑豊文庫」を見ながら、父の柩を火葬場の炉に滑り込ませて扉を閉じたあの一瞬を思い出していた。父が死んで九年、永かった通夜がやっと終わったのだと思った。

ストリップ・ショウ

意外なようだが父はテレビの娯楽番組が好きだった。原稿で頭が一杯のときには、母や私が不要不急の話題を出しただけで「ぼくは常に原稿のことを考えておるのだ。くだらんことは言わんでくれ」と怒りだすのだが、次の仕事にかかるまでの弛緩の時期、そして来客のない日にはテレビを好んだ。

ある時期よく見ていたのが「八時だヨ！　全員集合」だった。単純でわかりやすいし、ザ・ドリフターズのリーダー、いかりや長介ファンだったのだ。酒を飲みつつ無邪気に笑って見ていたが、ある日母と私が「そういえばおとうさんといかりやさんって、似てるよね」と言ったところ、次の週から見なくなった。母が「今日はドリフはご覧にならないんですか」と声をかけても「もういいのだ」と素っ気ない返事。私たちはけなしたつもりは全くなくて、ただその背の高さや顔立ちが似ていると言ったのだが、「傷ついたのかしらね。おれの方がいい男だ、けしからんって怒ったのかも」と母は分析した。

漫才がブームだったころは「今夜は『ザ・マンザイ』はないのか」と聞いてくる。幸い放送日であれば、やはり酒を飲みながら幸せそうに見ている。ただ困ったことには、ブームに乗って伸びてきた漫才師は皆若く、早口でギャグを連発するので「いとし・こいし」「てんや・わんや」世代の父にはついていけないところがある。すると父は私に「いまのはどこが面白いのだ」と尋ねるのだが、その間に画面はもう三つぐらいのギャグをとばしていて、どれのことだったのかわからない。漫才の同時通訳はなかなかむつかしいものだった。

私が高校生のころだったが、ある夜父が「朱、早く来い、早く」と呼んでいる。行ってみると「おい、ストリップ・ショウだ。一緒に見ようじゃないか」というお誘いだった。それは今では懐かしい「11PM」という番組で、父親の勧めならば私も断るわけにはいかぬ。「こんなに隠しちゃなにも見えんぞ」と言う父と並んで見ていると「ふん」と鼻を鳴らして母が背後を通っていった。

父は横文字を正式に全部発音する習慣があって「ストリップ」とは言わない。「ショウ」までつける。同様に「ポルノグラフィー」と言う。なにしろ「ブルー・フィルム」に胸を躍らせた世代である。田中康夫著『なんとなく、クリスタル』が話題になったときには父は色めき立った。突然大きな声で「きみ、これは女性の大切な部分の！」と言うのである。「違う違う、おとうさん違う」と私は制した。また母の「ふん」が聞こえてきそうであった。

母の「ふん」ならまだある。例えば女優や歌手の好みについて。母は特に誰かのファンということはなかったが、父は八代亜紀と三浦布美子が好き。それもちゃんと「さん」をつけ、呼び捨てになどしない。「声がいい、色気がある、男好きのする顔だ」と惚れ込んで、うっとりと見ているのである。

「どうせあたしは色気なし婆あですもの。ふん」

しかし妙な色気がなかったからこそ父も安心して著作に没頭できたし、夫の死後十年、母も立派な後家花を咲かし得た、と私は思うのだが。

魯迅先生

言葉を覚え始めたころの私に、両親が教え込もうとしたのは「ろじんせんせい」であったそうな。魯迅の肖像画を見せながら何度も繰り返したけれど、とうとう覚えてはくれなかった、と聞かされた。

旧満洲の建国大学で二年間を過ごし、敗戦後は京都大学支那文学科（当時）に学んだ父だ。魯迅の文学にも馴染んでいて当然であるし、文学によって人民の解放を目指した大先達として深く尊敬するのも当然であろう。母もまた「おとうさんと結婚前に交わした手紙は、あれはあたしたちの『両地書』だった」と言っているくらいだ。この夫婦が我が子に魯迅先生を教え込もうとしたとしても不思議はない。

数ある魯迅の作品の中で父がもっとも好んでいたのは『鋳剣』である。暴君に父親を殺された息子眉間尺《みけんじやく》が、名刀工だった父が遺した剣で、「黒い男」の助けを得てみごとその仇を討ち果たす、というあの話だ。筑豊文庫を初めて訪れる若い来客に、しばしば「あなたは眉間尺の話を知っていますか」と尋ね、知らないとなるともう喜んで『鋳剣』を語り聞かせていた。また、親子三人だけでの夕食の後、酒がうまい具合に回って機嫌の良いときなど、「ひとつ、あれを読もうか」と母と私を相手に朗読をしていたほどだ。

雄剣と雌剣ふた振りの剣を打ち、殺されることを承知でその一本を王の許へ捧げにゆく父親の覚悟、命がけで雄剣を守ってそれを眉間尺に託し、挫けそうになる息子を叱り見守る母親の愛情、黒い男を信じて自分の首を差し出す眉間尺の潔さ、そして自らの命を絶ってまでその信頼に応える黒い男。どこを取っても父が気に入らないわけがない。それぞれの感性は相当異なっていた私の両親も、この『鋳剣』に関してはお互い異論はなかった。また、つき合いの後年はなにかとすれ違うことの多かった報道写真家、岡村昭彦ともこの作品の評価は一致して変わらなかった。

思えば父は自らの目指す生き方や、妻や子にかくあれかしと望むそのありよう、それと『鋳剣』とを重ねていたのだろう。いや、ただ自分と妻子というような矮小な範囲ではなく、後に続くすべての者に眉間尺や黒い男となってほしい、さらに父自身も暴君を倒すためならば、いつでも首も命も投げ出す覚悟であったのだと思う。語っていて、また朗読していて、眉間尺と王と男の首が煮えたぎる鼎の中で格闘する場面にさしかかると、父の声にはますます熱がこもり、最後に遂に王を倒した眉間尺と男の首がにっこりと笑みを交わすと、父もにっこりとして「ほう」と息をつくのだった。

今私の手元に岩波書店発行の魯迅選集があるのだが、その第三巻即ち『鋳剣』を含む「故事新編」の巻のみが行方不明になっている。この巻は父が息を引き取るまで、その枕元に置いてあった。それから先がわからないのだ。柩に入れたつもりもないのだけれど、もしかしたら父が持って行ってしまったのかもしれない、なんて思っている。

蛇足だが、最近魯迅の『端午の節季』（竹内好訳）を読んでいて吹き出してしまった。父は『鋳剣』を実践しようとしていたが、夫婦の間においてはこの一文まで実践してしまったんだな、と思ったのである。それは次のような文であった。

「彼の横車が理窟も何も押し倒すので、細君はしばらく口がきけなかった」

故郷の海

山口県の西部、周防灘に面した半農半漁の小さな町、吉敷郡阿知須《あじす》町が父英信、本名鋭之進の故郷である。父はここで幼少期を過ごし、父親の仕事の都合で学齢以降は北九州で過ごした。その後一家は阿知須に戻ったが、父親との葛藤やあまりにも身勝手な婚約破棄などもあって、長男鋭之進は故郷に錦を飾るどころではなく、いたしかたのない仏事のときくらいしか帰郷することはなかった。その際にも町の中心部や明るいときは避け、薄暗くなってからひっそりとそのあたりを歩いてみる、といった具合だった。

母が「町全体が住民課」と評したほど互いをよく知っており、昔の父の狼藉を覚えている人に出会わないとも限らない。「鋭之進を見かけたどな」と人々の口にのぼり、今もその町で堅実に暮らす弟一家にいらぬ余波が及ぶことを懸念していたのであろう。一度父と共に里帰りした際に、山陽線の本由良《ほんゆら》駅で列車を待ちながら「おとうさんはこの駅から出奔したんだね」と言ったところ、父は「出奔したのではない。堂々と出て行ったのだ」と訂正したが、その口調とにやりと笑った様子を見れば、私の言葉をあながち否定したわけでもなさそうだった。出奔であれ堂々たる出立であれ、故郷に後足で砂をかけるようにしていなくなったという事実には、たいした変わりはない。

父が故郷を遠ざけていた甲斐あってか、故郷もまた鋭之進を忘れていた。父が亡くなって数年経ったころ、阿知須に住む知人から町の広報誌が送られてきたことがあり、そこには町議会での質疑応答が載っていた。議員の質問は、筑豊の記録作家上野英信は当町の出身であり町としてもその著作を揃えるべきではないか、という趣旨のもので、その最後に、上野英信が阿知須の出身だということを知っていますか、と問いかけている。

それに対する町長以下の答弁は「まったく知らなかった」「今知った」というもので、母と私は顔を見合わせ苦笑してしまったものだが、その後しばらくこの「今知った」は我が家での流行語になっていた。

こんな具合であるから、父はあまり望郷の念というものは持っていなかったように思う。しかし幼いころに遊んだ故郷の海だけは懐かしがった。父親に伝馬船で沖まで連れてゆかれ、いきなり海に放り込まれてそれで泳ぎを覚えたこと、砂浜を箒で掻けば隠れていたくるまえびが次々に飛び出し、それを片端捕まえていたことなど、楽しそうに話すのだった。

ある日酒を飲みながら、例によってそこにないものが食べたくなった父はこう言い出した。

「小郡湾はナマコで一杯なのだ」

それによると周防灘が少し内陸に入り込んだ部分、つまり小郡湾はナマコの宝庫で、「見渡す限りナマコだらけで海面が盛り上がり、向こう岸まで続いている」という。そんな馬鹿な、因幡の白兎じゃあるまいし、と私たちは疑ったが父は譲らなかった。そして「ぼくは海辺の育ちだ。海のものが食べたいのだ」とその日の酒の膳に新鮮な海の幸がないことを非難するのである。

もっともこの手の父の言いぐさには、母も私もすっかり慣れっこになっていて、また始まったわいと笑っていた。その日に脂のこってりしたものが食べたくなれば満洲育ちを、青物が食べたくなれば農家の生まれを主張するのだから、いちいち気にしていたら一緒に暮らしてはゆけない。故郷に残してきた親や弟妹のことはろくに振り返りもしないのに、食欲と二人連れになると急に山口県人になってしまう。

この故郷喪失者の父が、法事でもないのに急に里帰りをしようと言い出したことがある。一九八七年八月、突然「明日ちょっと阿知須へ行こうじゃないか」と私を誘った。「民記《たみき》を海につけてやりたい」というのだ。

民記というのは父にとっての初孫、当時二歳の男の子だ。旧盆が明けたばかりの夏の一日、千鳥ヶ浜という美しい名の遠浅の浜で、かつてはナマコで一杯だったはずの小郡湾の海風に吹かれながら、生まれて初めて海に入る孫と水をかけ合ったり貝を掘ったりしてゆっくりと遊んだ。そしてその十日後には癌の再発で入院し、二度と故郷の海を見ることもなかったのである。

急に阿知須の海へ行きたがった不思議。三ヶ月後に世を去る父は、あの日孫に想い出の海を引き渡したかったのかもしれない。

正月の歌

毎年、クリスマスから正月にかけては母の最も疲れる時期だった。なにしろ来客がすさまじいのである。十二月下旬、ちょうど学校が冬休みに入るころから訪問者が急増する。それも年末年始の休みを利用しての遠来の客人が増える。父の著作を読んで一度筑豊を訪ねたかったという人もあれば、家族旅行のコースに組み入れてくる人もある。年末年始は上野の家で酒を飲み倒すと決めているのでは、と思える強者さえある。来客は男性もあり女性もあり、年齢も大学生から父と同年輩の人まで様々だったが、この時期に訪れる人の多くは割合若い人だった。

予告なしに訪れる人でもすべて受け入れる、というのが父の方針であった。だから皆が昔炭坑の製図台であった大きなテーブルのある居間に招き入れられ、来訪者名簿に名前を書かされ、それから酒となる。天気の良い、明るいうちにたどり着いた人の場合、父が近所の坑口の跡や鉱毒水で真っ青な溜め池へ案内することもある。しかし行き着く先は結局酒瓶の前だ。まず酒を飲ませる、これが父の流儀だった。

そんな客人が二組、三組と重なることもしばしばだった。先客はすでに酔いつぶれて正体をなくしている場合もあり、ようやく酔いが醒めて正気にかえってみれば、まったく知らない人に囲まれているということもある。その間父は飲み続け食べ続け、話し続ける。

「上野さんの酒はマラソン」と言われたことがある。十二時間以上も平気で飲み、且つ喰らう。たいていの人は先に参ってしまうし、一時間に一本程度しかないバスも午後九時ごろには終わってしまう。たとえ自家用車での来訪でも、これだけ飲まされれば運転できようはずもない。かくしてお泊まり一丁上がり、だ。そして翌朝目覚めればまず風呂に追い込まれる。父にとって風呂は客をもてなす大切なご馳走のひとつだったし、ゆうべの酒を抜くのにも好都合というわけだ。あがればすでに英信先生はテーブルに酒を用意して待っていて、また昨日の繰り返しとなる。これが大晦日、元日を挟んで延々と続く。

「ホストは大変なのだ」と父は言うが、ホステス兼シェフはもっと大変だ。来客を見越して、前もって多めに正月料理は作っている。博多育ちの母は里芋や蓮根、鶏肉などを煮込んだがめ煮が得意で、それを直径五〇センチくらいの大鍋一杯作っている。そのほかにも父好みの、長時間酢に漬けて水死体のように白くなったしめ鯖、酢蓮根《すばす》、豆や昆布の煮物、戴き物の新巻鮭やハムを用意し、材料も冷蔵庫に入りきれないくらい買い込んでいる。

買い込むといってもこれがまたなかなか難儀なことで、近くに大きなスーパーもなければ遠くまで買いに行く車もない。三十分ほど離れた町までバスで買い出しに出かけるか、ちょうど来合わせた人に頼んで車で連れて行ってもらう。また、上野先生がたはお客さんの多いけん、と畑を作っている知人が大根や里芋などを持ってきてくれる。これはどれだけ助かったかわからない。

そうやって準備をしていても、宴会はクリスマスのころから始まるのだ。本来正月用であるはずの料理は、日めくりカレンダーの残りと競い合うように乏しくなってゆく。そこでまた作り足す。また底をつく。その繰り返しで年が暮れ、年が明ける。ただ、酒だけはなくなることはなかった。英信には酒、ということでほうぼうから戴くのだ。洋酒日本酒なんでも揃っている。泉から湧き出すように酒には恵まれていたので、同じように料理も女房の体力も尽きることはない、と

父は錯覚していたのかもしれない。
年が明けると父は言い出す。「ライスカレーが食べたい」「うまいラーメンが食べたい」。早い話が正月料理は旧年中に食べ飽きてしまったのだ。そこで正月休みから明けたばかりの店を探して材料を求め、父の要求を満たす。このころになると来客も減り、同時に母の体力、気力も限界だ。母が死の前に私にその処分を一任していった短歌のノートを開くと、正月四日にこう詠んでいる。

あらたまの日々もおなじき酒の支度かくしつつわが一生は果てむ

また、こうも嘆く。

この夫の心うるおすいっぱいの酒にも如かぬわがいのちかな

三十一文字に収まってはいるが、これを短歌と呼ぶものかどうか、私にはわからない。しかしこれが母の深い溜息を言葉にしたものだということは、一緒に皿を洗い続けた者として知っている。そして私にとって救いなのは、母が次のように詠って再び頭を上げようとすることだ。

或る朝は心きほひて厨に立つわれの名誉の戦場ここは

これほど苦しみながら、嘆きながら、なぜ母が上野英信を見捨てなかったか。『キジバトの記』の中で母は夫のことを「かわいそうな人」と書いた。短歌ノートにはこう記した。

きげんよきときは童子のごとくみゆこの夫の胸の憂ひや深き

夫へのこの憐れみと、記録文学者上野英信に対するゆるぎない尊敬と、そのどちらか一方でも欠けていたなら、母はとうの昔に妻の座など放り出していただろう。最晩年、このころのことを思い出して母はこう語った。

「あんなことをもう一回やれって言われたら、あたしは三日で死んでしまうでしょうね。でもあれはあれで、結構楽しかったわよ」

日ハ君臨シ

歌手の谷村新二氏が小学校一年生のとき、学校で都々逸を歌って親が呼び出された、という話を聞いた。「歌といえばそれしか知らなかったんだもの」と彼は話していた。さてこの私にも幼稚園で「好きな歌を歌いましょう」という機会があり、歌ったのは「民族独立行動隊」だったと、家庭への連絡ノートに書いてあったそうだ。「偏向教育」と親が呼び出されはしなかったが、先生も驚いたことだろう。五歳の幼児が「民族ノ自由ヲ守レ決起セヨ祖国ノ労働者」と意味もわからずに歌うのだ。

上野家では長らく歌謡曲などは御法度だった。聞こうとしなくても耳に流れ込む日本語の歌詞が、常に文章を考えている父の脳細胞の邪魔になるという理由だ。が、クラシックはそれほど非難されない。父もベートーヴェンの「田園」が好きだったし、若いころ「田園交響楽」という長編詩も書いている。ただすこぶる付きの音痴だったので、どの程度その名曲の旋律が頭に入っていたかはわからない。そして長いこと我が家にはラジオさえもなかったので、幼いころの私の身近にある音楽といえば、母が『青年歌集』を開いて歌ってくれる労働歌かロシア民謡だった。「民独」や「仕事の歌」「憎しみのるつぼ」「カチューシャ」などを童謡代わりに聞かされ、自分でも歌いながら私は育った。音楽的に偏向して当然である。

母は歌が上手くて、声は細いが音程は確かだった。自分から積極的に歌うことはなかったが、酒の席で促されて、聞き覚えた選炭唄などを披露することはあった。洋楽も好きで父の留守中など、熱い紅茶と少しのお菓子をお供にオペラのアリアを聞く、これが母の無上の喜びで、「オペラは芸術の極致よ」というのが口癖だった。

それにひきかえ父は音痴の極致であった。声だけは良かったが、音程もでたらめならリズム感もまるでない。それでも興が乗ると「ではひとつ、ぼくが坑内唄を歌いましょう」と歌い出すのだ。炭鉱の記録作家、上野英信先生自らお歌いになるのだから、お客さんには喜ばれるし感心して聞いてもらえるが、母と私は皿など片付けるふりをして台所へ逃げ込む。ひとことで言って聞くに耐えないし、これが坑内唄というものか、と思って聞いているお客さんにも気の毒でたまらない。「おとうさんは喉じゃなくて、心臓で歌ってるよね」と話したものだ。小学校の通信簿に「甲」がずらりと並ぶなか、唱歌の項目は常に「乙」だったというのも頷ける話だ。

一九七四年、炭鉱離職者の跡を追って南米を旅してきた父は、数枚のレコードを持って帰ってきた。

「これが今一番流行っている歌だ」と言って、これもブラジルから大切に抱えてきた酒、ピンガを飲みながらがんがんかける姿は、かつて歌舞音曲を禁じた同一人物とも思えない。この時期我が家を訪れた人はほとんど例外なく、このレコードとピンガの洗礼を受けているはずだ。ある日私がベニヤの壁を通して聞こえてくるレコードを、聞くともなしに聞いているとどうもおかしい。居間へ行ってみると「どうです、このリズムは。さすがブラジルです。とても我々日本人はついていけませんねえ、わははははは」と笑っている。プレーヤーを確かめると、父は三十三回転でかけるべきLPレコードを四十五回転でかけながら、それと気付いていないのだった。これでは本場のブラジレイロでもついてゆけないだろう。

坑内唄などいわゆる炭坑節のほかに、父が好んで歌ったのは宮沢賢治の「花巻農学校精神歌」である。どこで覚えたかというと旧満洲の建国大学で、ここの教官であった宮城農学寮出身の藤田松二先生という人によって学生に伝えられたという。父の同窓生の一人は「建大に入ってみると白系ロシア人の学生がこの歌を歌っているので驚いた」と語っているほどで、建大出身者の愛唱歌となっている歌だ。父はこの花巻農学校精神歌を母と私に伝えた。だからメロディーは当てにならない。そのうえ、あるとき宮沢賢治全集で歌詞を確かめたところ、これも違っていた。父は四番の前半と一番の後半とをつなげて歌っていたのだった。それを指摘すると父は涼しい顔をして言った。

「なに、自分にとって必要なものを覚えておけばよいのだ」
宮沢賢治作・上野英信編曲の「花巻農学校精神歌」は次の通り。

日ハ君臨シカヾヤキノ
太陽系ハマヒルナリ
ワレラハ黒キ土ニ俯シ
マコトノ草ノタネマケリ

幼いころにこれを刷り込まれてしまったので、いまだに正しい歌詞とメロディーが覚えられず、私は困っている。

岡村ネコ

「なんといっても岡村ネコよね」と母は断言した。いままでに我が家にきた人で一番印象に残る人は誰だろうと、ホスピスに入っていた母と話したときのことだ。

岡村ネコ、ネコちゃん。これは報道写真家、岡村昭彦の我が家におけるニックネームだ。彼のあまりの魚好きにこういう異名が付いてしまい、呼びかけるときにも「ねえ、ネコちゃん」などと使っていた。彼が一九八五年に五十六歳で亡くなるまで、我が家とはほぼ四半世紀にわたるつき合いだった。

雑誌「新週刊」所属の彼が初めて現れたのは、私たちがまだ福岡市内の、藪に囲まれた借家に住んでいたころだ。このころに彼が父宛に出した手紙の表書きには「上野英信先生」と書かれている。その後私たちは鞍手に移り、彼も報道カメラマンとしてベトナム戦争の取材に飛ぶようになる。このあたりから親密さが急速に深まってゆき、宛名も「英信大兄」に変わっていった。

彼が日本に戻ってその記録を執筆する際、父は場所の提供と文章の指導を引き受け、苦闘の末に出来上がったのが『南ヴェトナム戦争従軍記』である。その執筆の苦労の様子は母が『キジバトの記』に書いているのでここでは繰り返さないし、私も幼かったので父と岡村ネコがなにをやっているのか、よくはわからなかった。ただなんだか大きな人が長いこと家にいて、父と向かい合って一日中なにか書いていた、といったくらいの記憶である。

その後も彼は東南アジア、ビアフラ、アイルランドなど世界のあちこちを飛び回り、一年に二度くらいの割合で我が家にやってきた。行く先々から本を我が家宛に送りつけ、溜まったころに本人がやってきてそれをじっくりと読み、父や母とよもやまの話をしたり一緒にどこかへ出かけたりしながら数日間を過ごし、鋭気を養っていくのである。静岡県舞阪の彼の家を本来の基地とするなら、この筑豊文庫は給油、整備のために必ず立ち寄らねばならない中継基地のようなものだったのではなかろうか。

よくもまああの神経質な父が、岡村ネコの長逗留に耐えられたものだと思う。父はかねがね「友とするなら、万巻の書を読み千里の道を往った者を選ぶべし」と訓戒を垂れていたので、その基準に照らせばこのネコは大合格だったのだろう。少々高飛車なところのある彼が、父のことは「上野の兄貴」と立ててくれたし、私たちから見て二人の体質はよく似ていた。思えばこのころが、父と岡村ネコとの蜜月だった。

父以上にネコと相性が良かったのが母だ。彼の方が母より三歳年下で「晴子ねえさん」と呼んで慕ってくれていた。実の弟たちとは不仲の母もこの弟ネコは可愛くてたまらない様子で、高い枕が好きで、なおかつ寝相の悪い彼のためにサンドバッグのような巨大な枕を縫ってやったり、パンツ一枚で台所へやってきて、「晴子ねえさん、なにかない？」と子どものように冷蔵庫をのぞき込む彼のためにおやつを作ったり、甘えられるのが嬉しそうに立ち働くのだった。

彼が部屋にこもって本を読んでいるとき「ネコちゃん、紅茶はいらない？」と声をかける。すると彼は「僕がいまだかつて、NOと言ったことがあるかい？」とウインクをよこすのだ。父にはこんな言い回しはできない。「言われなくてもわかるようでなくては一人前の女房とはいえん」と、まるで可愛くない。だからこんなネコの仕草を母は嬉しがった。

また彼は晴子ねえさんへの土産を欠かさなかった。前もってなにが好きかさりげなく探りを入れておき、相手の喜ぶような物を世界のどこからか持ってくる。母の好きな紅茶であったりショートブレッドであったり、ベトナムあたりの産なのか、塩漬け豚肉を細かく裂いて乾燥させた物のこともあれば、韓国から辛子明太子を大きな樽ごと抱えてきたこともある。あるときは「晴子ねえさん寒がりだから」とふかふかした羊の毛皮の一頭分を持ってきた。使い道に迷った母が「これはおかぶりになるものでしょうか、お座りになるものでしょうか」と尋ねると、大いに喜んで「どうぞお座りください、くっくっくっ」と笑うのだった。

大きな体つきの割になんでもこなす器用な人で、ある日近所から絞めた鶏を丸ごともらったときは「晴子ねえさん、僕が料理してやろう」と言って出刃包丁を握り、「まず正中線に沿ってメスを入れてだなあ」と医学校経験者らしく鮮やかな手つきでさばいていった。あれは料理というより解剖だよね、と私たちは話したものだ。

岡村ネコの読書量はものすごかった。彼が我が家に持ち込んだ段ボール百箱以上にのぼる本で、かつては剣道場であった二十畳ほどの部屋は埋め尽くされ、私たちはそこを大英図書館と呼んでいたのだが、舞阪の自宅にはその十倍以上の本が詰め込まれていたように思う。床から天井まで本棚になっていて梯子が掛けられ、二階へ上る階段もその半分は本棚と化していた。ものごとの原因を探るためにはありとあらゆる資料を集めて読破する。そして徹底的に遡ってゆく。「歴史の結び目を探し、世界史のしっぽをつかまえる」というのが彼の仕事の進め方らしい。

だから彼の話は面白い。私の父の話も面白いといわれていたが、岡村ネコの話を聞いていると、難解な数学の証明問題を鮮やかに解いてみせられたような感覚があった。なぜケネディは北爆をしたのか、なぜ日本海海戦のときの司令長官が東郷平八郎でなければならなかったか、なぜ地球は丸いのか。もろもろのことを順を追って解き明かしてみせるのだった。

「なぜ」、これが彼が最も多く用いた言葉ではないだろうか。そしてその「なぜ」を突然人に投げかける。例えば「なあ、なぜ車は走るんだい?」というようにまずは軽い調子で。そんなとき「ガソリン入れてアクセル踏んだら走るんでしょ」などと答えるともう大変だ。ガソリンとはどんな物質だ、石油とはそもそもどうやってできたんだ、車にはどれだけの部品があるんだ、アクセルとはどういう綴りだ、と質問の雨あられ。質問というより尋問に近い。そしてこちらが答えに詰まって降伏の意思を示すとおもむろに話を引き取り、車の歴史についての講義が始まる。エンジンの発明に始まって蒸気機関あたりまで軽く遡る。それが産業にどういう影響を与え、社会はどう変わり植民地はどうなったか、さらにそれは現代の国際社会とどうつながっているか等々。話し終えると眉を少し上げて彼はこちらの目を見据え、顎をちょっと上げながら「おい、わかったかい」というように数回頷くのだった。

彼はこのレクチャー兼尋問方法を、筑豊文庫を訪れる人々にも適用した。ことに明確な意図を持たないまま筑豊を「見に」くる若い人を絞り上げた。上野の兄貴は忙しいのにアポイントメントもとらず、ただやってきて酒を飲んでゆくとはなにごとだ、というわけだ。玄関の引き戸を開けた途端そこに岡村昭彦が仁王立ちになっていて、いきなり「なにしに来た!」と怒鳴られた人もある。誰でも来なさい、まず一杯やって話しましょう、の英信とはこのあたりが根本的に違う。梁山泊的な雰囲気を好んでいた父は「ネコが勝手な振舞いをする」と母にこぼすこともあった。

このへんの、人との接し方あたりから、この二人の気持ちが少しずつずれていったような気がする。また同じ場面に遭遇しても、対応の仕方がまったく違うのだ。父が彼を水俣に案内したときのこと。遠来の二人のためにたくさんの魚料理が用意された。しかし魚好きのはずのネコは一切箸をつけず、戻って母に言うのだ。

「兄貴は無神経だ。水俣の魚を食ってるんだもの。こんなきれいな海のうまそうな魚なのに食えない、というところから運動は出発しなくちゃいけないのに」

父も憤慨したように母に言う。

「岡村ネコはいかんぞ。せっかく用意してくださった魚を食べもせん。たとえそれに有機水銀が含まれているとはっきりわかっていたとしても、そこの人と共に同じものを食う、というところから関係は始まるのだ」

招いてくださった方が二人に危ないものを出されるわけはない。しかしこのように二人の反応は違う。これはそれぞれの、どこに自分の足を置くかという方法の違いであって、どちらも一理あり、どちらも譲れないしまた譲る気もない。

彼がバイオエシックスのことに取り組み始めたころから次第に来訪が間遠になった。持ち込んでいた書籍群も舞阪に引き揚げた。でもたまにやってきて二、三日滞在することもあり、母との信頼関係は変わらなかった。「晴子ねえさん、ホスピスっていうものがあるんだよ」と彼が教えてくれたのはこの時期だ。

岡村昭彦急死の報は父母にとって大きなショックだった。あんな厚かましい説教強盗のような男が死ぬわけがないと父は常々言っていたし、母にとっては愛すべき大切な弟を失ったわけだ。

上野英信の妻として狭い世界に閉じこめられそうになっていた母に、彼は世界を見る窓を開けてくれた。

「晴子ねえさん、もっと自由にやればいいんだよ」という言葉を母は贈られている。

母の最期の場所はホスピスだった。彼にそういう施設の存在を知らされて以来、関係の書物や講演会でその知識を深め憧れていた母は、望み通りホスピスで安らかな最期を迎えた。母はその命の終わりになって、岡村ネコからの最後のお土産を受け取ったと、私には思えるのである。そして「どう? 晴子ねえさん。よかっただろ」とウインクする彼の顔も。

悔い改めよ

息子の口から言うのも変かもしれないが、上野晴子という人はなかなか料理が上手だったように思う。予算はない、設備は古い、調理器具も少ない、おまけに時間もない。そんな中で毎日手を変え品を変えして、味にうるさい大食いの夫と、時なしの来客の胃袋を満たさなければならない。

晴子さんは魔法のように料理を出してくる、と言われたこともあるが、魔法使いもなかなか大変だった。ひととおりの材料が一度に揃う店でも近くにあればいいのだがそんなものはなく、突然の来客でも、今そこにある材料で箸休めから主菜までの幾品かを作らなければならない。同じ材料を生のまま、あるいは煮て焼いて蒸して、様々な料理に仕上げて酒の膳に供していた。レシピなどはない。必要な材料が揃ってこそのレシピであって、即興の台所にはなんの役にも立たない。新聞の料理欄などを参考にすることはあったが、すべては母の頭の中に入っていた。

買い物もままならないところにあって、近所からもらう折々の山菜や野菜は貴重な備蓄だった。

わらびや筍などは茹でてあくを抜き、冷蔵庫に保存する。土付きの野菜は新聞紙にくるんで、暗く涼しい流しの下などに置いておく。母の台所は常に臨戦態勢だった。

母より十歳ほど年若いＩさんという女性が台所における母の戦友だった。「鶏が卵産んだけん食べて」と勝手口からのぞき、母のてんてこ舞いを見るとすっと上がってきて溜まった汚れ物を洗ったり里芋の皮を剥くなどして手伝い、一段落すると「じゃ、またね」と風のように去って行く。母の強くはない心身は、この人にどれだけ支えられたことだろう。晴子の魔法の種のひとつである。

そんな戦場に気が付かない父は太平楽で「おかあさん、ぼくは油が切れた。肉か魚はないのか」と、胃袋まかせの言いたい放題である。こんなときは贈り物にもらったハムや、魚の味噌漬けなどの出番だ。上野のところは酒飲みだし来客も多いからと、各地の知人からしばしば珍味を送っていただいた。父も喜んだし、母も重宝していた。また父はこういう戴きものを妙によく覚えていて、「誰々さんからもらった、あれがあったろうが」と名指しで要求するのだった。「あれはあなたが全部食べておしまいになりました」と母は答えるが、実はちゃんと冷蔵庫にあったりする。母は翌日またあるかもしれない不意の来客に備えているのだ。父も冷蔵庫の中までは点検しないし、翌日それが食卓に上っても不審にも思わない様子だった。

「ああ、こうこの煮食いが食べたい」

ある日、急に父が言い出した。なにかを突然食べたがるのは、この人の特徴だ。「こうこの煮食い」とはごく浅漬けの白菜を、水と煮干しと醤油、それに少しの砂糖を加えた汁で煮ながら食べる、父の出身地山口県阿知須の料理らしい。故郷を振り返ることのない父だったが、舌と胃袋だけは未だふるさとにつながっているようであった。早い話が連日脂っこいものを食べ続けて、ここらでちょっとさっぱりしたものが食べたくなったと、母と私は解釈した。しかし父はそうは言わない。わしが小さいころはかように質素なものを食しておった。しかるに今のお前たちは贅沢のしすぎである。原点に還りこの飽食を反省せねばならぬ。こんなふうに有り難く、ややこしく言わないと気分が盛り上がらないのもこの人の特徴だ。そしてそれがすぐ実行されないと機嫌が悪い。

また始まった、とぼやきながら母は材料を揃えた。煮食いにぴったりのごく浅漬けの白菜を調達するのもなかなか困難だ。食べごろの白菜漬けならあるから、これをもみ洗いして塩気と香りを抜いてごまかそうかという案もあったが、なんとか浅漬けを手に入れることができた。さていよいよ調理。調理といっても卓上コンロの上の鍋に材料のすべてを放り込むだけだ。味見をしながら醤油を足したり砂糖を増やしてみたりするが、いまひとつ父の想い出の味とは隔たりがあるようだ。その間にもぐつぐつと鍋はたぎり、煮干しは白菜の間で踊っている。しかしなんといっても、我々の怠惰な生活を悔い改める有り難い郷土料理であるから、親子三人は黙々と食べた。

食べ終わった父は少々悔しそうだ。イメージを形にできなかった上に、女房が「今度静恵さんにちゃんとした作り方を聞いてみましょう」などと侮辱的なことを言っている。俺より妹のほうが信用できるというのか。ここで黙っていては男がすたる。なにかひと文句言わねばならぬ。

「やっぱりこう、どこか違うんだな。ぼくが小さいころはガスなんてなかったから（お前はガスなど用いて横着である）七輪で煮ながら食べていたんだ。ああ、あの舌の焼けるようなのが食べたい」

父がこう言ったその瞬間、母の言《こと》の刃《は》が一閃した。

「ガスでも舌は焼けますよ！」

ぴしりとこう言うと真正面から父を見据えた。

私もつられて父の顔を見た。父の「目が点」という表情を見たのはこれ一回きりだ。

「いや……、ごちそうさまでした」。そう言うとかわいそうな父は、しおしおと書斎に入って行った。想い出のこうこの煮食いでいちばん「食い改めた」のは父だったのかもしれない。

そのあと母は一日中、機嫌が良かった。

ピエロと足音

私は体格の割に足音がしないといわれる。気が付かないうちにそばに来ている、と気味悪がられたことさえある。これは別に足音を忍ばせているのではなく、長年の間に身についてしまったものなのだ。

作家は誰もが静寂を好むと思っていたら、そうとも限らないということを知った。例えば大分県中津の松下竜一さんは、執筆中にいくら家族が横を通ろうが子どもが騒ごうが、なんともないということだ。音楽をかけながら書く人もあれば乗り物の中で書く人もあるそうで、一切の音が邪魔になるというわが父上野英信は、むしろ少数派なのかもしれない。

執筆中の父は誰も部屋には入れなかった。静かな部屋にただ一人という状態でなければならぬ。そのうえ家の中の生活の音も、父の神経をかき乱すものとして非難される。テレビなどもってのほか。洗い物の食器が触れ合う音がうるさい、風呂で湯をかかる音がうるさい、足音がうるさい。そうはいっても筑豊文庫の建物は築六十年の老朽家屋だ。防音設計になどなっていないし、普通に歩いただけで床のあちこちが軋んで音を立てる。母と私は音のしない部分を探るように歩いていた。電話機は座布団に座っている。電話機が偉いのではなくて、そのほうがベルの音が響かないからだ。その上からさらに座布団をかぶっていることもあるが、もちろん電話機が寒がりだからではない。

離れた部屋での母と私の会話も、例外ではなかった。声をひそめて話していても、つい笑い声を立てることもある。その途端書斎の襖が勢いよく開き、父が足音荒くやってきて私たちを叱りつける。「すみません」。私たちは会話を打ち切ってそれぞれの部屋にこもる。

「なんで自分の家で、こんな泥棒みたいな暮らし方をしないといかんのよ」と母に文句を言ったこともあったが、どうにもならないことだった。その母もずっと以前は呼吸器が弱く、しばしば咳をしていたのだが、その止められぬ咳さえも叱られたという。父は「君の咳がうるさい。発表するな」と言ったとか。体調の悪さを発表するために、人は咳をするのではない。

遡って私がまだ幼いころ、たまにおもちゃを買ってもらうときにはまず「音のしないもの」という条件が付いた。おもちゃが子どもを喜ばせる大きな要素のひとつ、音を私は封じられていたわけだ。ならば積み木はよいか。答えは「不可」である。崩れるときの音が父の邪魔になるというのだ。そこで私の積み木は畳の上に並べて遊ぶものになった。こうなれば積み木ではなく枕木だ。母が『キジバトの記』に、英信が「ここなら針の落ちる音でもわかる」と言ったと書いているが、あれは誇張ではない。

父が六十一歳のとき、初孫が生まれた。「お祝いだ」と買ってきてくれたのは、実によい音を響かせる和太鼓だった。その後も小さな赤いピアノ、電池が尽きるまで鳴き続ける小鳥と、音のするものばかりを選んできた。あるときは東京の帰りに、羽田空港の売店でオルゴール内蔵の可愛いピエロの人形を買ってきて「どんな曲かと店で聞かせて貰うのは、ちょっと照れくさかった。ここで聞かせてくれ」と、おさな児を抱いて「ティムティム・チェリー」に体を揺らせた。

自分の子どもから奪った音を、孫で埋め合わせをしていたのだろうか。小さな手に撫で回され続けて少々黒ずみ、鼻もなくなってしまったピエロであるが、ねじさえ巻けば今もあの日と同じ曲を奏でてくれる。

舌禍事件

このことについて書くのは気が重い。しかし書いておかなければならない。

父は沈黙した。反論も弁明もせず、黙殺したといってもいい。そしてそのまま死んだ。母も沈黙した。我が意を得たりとも言わなかったし、夫を弁護もしなかった。「しようがないわね」と言って死んだ。私はこのことについての二人の反応をここに記す。

私たちがそのことを知ったのは、京都の随筆家岡部伊都子さんが書かれた新聞コラムの切り抜きによってであった。要約すると、ある作家の出版記念会で挨拶に立った上野英信が、女性を蔑視する発言をした、というもの。曰く「(この方の会には)どうしてこんな美しい女性ばかり集まるのか。僕の会に来る女性は化け物のような人ばかり」と。

その会には前日開かれた上野を囲む会に出席していた人も含まれていて、両方の会に参加した女性が「じゃあ私は化け物か」と父の発言に怒られるのも無理はない。岡部さんも「上野さんみたいな男の中の男のような方がこんな言葉を」と嘆いておられる。またかねてから英信の亭主関白ぶりに眉をひそめ、晴子のことを大切に思ってくださっていた岡部さんが、公衆の面前で尻尾を出すようなことを言った父を批判されるのもわかる。

父と同齢の岡部伊都子さんは二十年来の親友であり、筑豊で書き続ける英信とそれを支え続ける晴子を、物心両面から支援してくださっていた。その英信について批判的な文を書くということは、岡部さん自身にとっても辛いことだったのではなかろうか。批判というより、悲しみのようなものが伝わってくる。

このコラムを読んだ父の言葉は次のようなものだった。

「化け物とはほめ言葉だ。筑豊には『うちたちゃ化け物やき』と自分で言うような女性がたくさんいる。ぼくは容姿を言ったのではなく、強さを言ったのだ。もしそれが気に障ったなら、なぜその場でぼくをとっつかまえて詰問でもしないのだ。そうすればぼくはいくらでも弁明なり謝罪なりをする。それをいきなりこうして書かれてはどうにもなるものか」

母が「岡部さんにお返事は」と聞くと「ぼくはなにも書かん。一切弁明もせん」と言い捨て、その後本当にこのことについてはひとことも言わなかった。

母はなんと言ったか。

「あれはやっぱりおとうさんは軽率よね。筑豊なら誰も怒りはしないわよ。あたしなんて大化け物かもしれないわよ。岡部さんたちが怒られる気持ちもわかるけど、これはもう文化の違いじゃないの。ただ、その言葉がどう受け取られるかということに配慮が足りない、ユーモアのセンスに欠けるところがあるから、あれがおとうさんの困ったところよ」

夫の肩を持つこともせず、ようこそ書いてくださったと喜ぶこともなく、英信が他人を怒らせ、こうやって批判されたという事実のみを受け止めていた。そして母のほうも、父の前で再びこの話を持ち出すことはなかった。

「唐津下罪人のスラ曳く姿　江戸の絵描きも描きゃきらぬ」と自分のことを下罪人と言ってしまうこの筑豊である。夫が妻を「この婆《ばば》あが」と呼び、逆に妻が「この爺《じじ》こつが」とやりかえし、それでも互いの対等な関係が保たれているようなところにあって、一般的な日本語の感覚が少々ずれていたのかもしれない。母の言うように、化け物くらいでは誰も怒らない。ただその言い回しがどこでも通じると思ったのは、父の判断の誤りである。

炭坑で働く女性の強さ美しさを書きながら、家庭においては妻をこき使い、来客の前で責めることを客へのもてなしと勘違いしていたような父。そんな姿に憧れる男性もあったし、反対に母を気の毒がり、いたたまれないような気になってしまう人もあった。

女は男に無条件に従うべし。この気風が最後まで抜けなかったところが父の弱点であるが、この問題発言に関しては、もう少し父に喋ってほしかったと、残念に思うのである。

岡部伊都子様、あのときの二人はこんな具合でした。

酒瓶と宝石

1965年頃

右・一九六五年、筑豊文庫にて
左下・右端が上野朱
左上・福岡市六本松時代

上野晴子。1964年、筑豊文庫にて（撮影＝瓜田政茂）

風の歌

　一隅にいつもさびしき風の吹くおのが心をはかりかねつつ

母晴子、六十歳を少し前にしての歌である。母の心に一生吹き続けた寂しい風はどこからきていたのか。夫英信との隙間から吹いていたのか、遙か昔から吹いてくる風だったのか。誰にも笑顔で丁寧に接していた母の、目に見えない風穴を私は探し出し、塞げるものなら塞いでやりたい。でなければ母は灰になっても永遠に寒いままだ。

私は祖父というものをほとんど知らない。父方の祖父上野彦一は私が二十歳を過ぎるまで存命であったが、母も私もわずかに二回しか会ったことがない。英信、即ち上野鋭之進は父親の決めた縁談に背いて勘当された人物であり、その父親自身妻子を捨てて他所へ行ってしまっていたものだから、私たちがたまに山口へ帰郷しても会う機会がなかったのだ。

たった二回では印象の語りようもない。ただ父やその弟妹から聞く家父長制の権化のような姿と、一度だけ私にくれた手紙の、勉学に励み孝養を尽くせという字句が残っているばかりだ。小柄で頑固そうな明治男で、タバコを吸う仕草が私の父とそっくりだったという程度の記憶である。

一方、母方の祖父畑威《はたたけし》は、私が生まれる十年前に亡くなっていたので、古ぼけた写真か祖母や母から聞く話でしか知らなかった。四十代で夫と死に別れた祖母の心の中では、亡夫は本当に自分を愛してくれていて、芸者遊びに誘われても「ぼくには妻がおります」と断って家に戻ってくる当時としては珍しい人であり、人望も厚い素晴らしい人であったという。そしてその幸せな記憶は、年をとって他の記憶が風化してゆくのに反してますます鮮明になり、輝きを増してゆくようであった。

母にとっても理想的な父親であったらしく、父親について批判的なことを言うのを聞いたことがなかった。学業もできて才気ばしったところのある長女晴子は父親に随分可愛がられ、娘への愛情を嫉妬した実母から邪険にされた時期もあると話していたほどで、父親が自分を肯定的に見てくれた分、娘のほうも父を肯定的に記憶し恋しがった。

ただなにぶん父親は経済界の人である。夫の英信とは立場が全く違うので、もし父が生きていたなら自分は英信と一緒になることもなかっただろう。でももしこの二人が出会うことがあったなら、思想的なものを越えて互いの人物の大きさを認め合い、肝胆相照らす仲になれたに違いないと話していた。

自分にとって最大の理解者と信じていたこの父親を、母は二十歳のときになくした。母の風はこのあたりから吹き始めたように私は思う。

世相や家運が晴れるようにとの願いを込めて「晴子」と名付けられた長女であったが、大黒柱を失った家は次第に没落してゆく。また経済的な問題ばかりではなく、統率者のいなくなった家族の心も分裂してゆく。

「あの苦しい時代に確かに畑トモさんは頑張った。女手一つで六人の子を養い、夫の両親の面倒までみたんだから。そこは評価しないといけないし感謝もするんだけど、でも残念ながら人を導くだけの力量はなかったのよ。みてごらんなさい、私たちの兄弟姉妹の気持ちはばらばらでしょうが。その点英信さんの家族の結束は大したものよ。家を飛び出した長男なのにいまだに『お兄ちゃん』って慕ってくれてるでしょ。同じように父親がいないのに、あれはお母さんが偉かったのよ」と母は羨んでいた。

おまけに一度結婚した晴子はあまりの体の弱さに実家に戻ることになり、二十代の終わりにやっと見つけた再婚相手の上野英信は妻子を養うこともできず、妻子つまり母と私は実家に転げ込んで世話になる始末だ。家族から眉をひそめられるのも仕方のないところだ。

結婚当初のそんな空気を引きずっていたのか、父は最後まで妻の実家に対して心を開こうとしなかった。それでなくとも家意識の希薄な人である。女房の実家などに自分から歩み寄ろうとはしなかった。

また実家の側も妹たちを除いては、婿である英信に対して最後まで警戒心をゆるめなかった。英信と親戚だと知れると出世の妨げになるので他言しないでくれと申し入れてきたり、両親の死後私宛に、上野英信に対する批判にもならぬ幼児的な悪口を書き連ねた手紙をよこすような弟がいるくらいのものだ。こんな姉婿を家族として迎え入れるはずもない。

貧乏な長男の嫁としてなにもしてやることはできないのに、夫の弟妹は自分を「晴子お姉さん」と慕ってくれる。夫の母も長男の嫁として可愛がってくれる。なのに実家は夫を受け容れず、夫もまた嫌っている。夫婦喧嘩になったとき父がよく「きみの家では」という言葉を使ったのも、こういう感情が伏線にあったからだろう。

「あたしのおとうさんが生きていたらねえ」と母は嘆いた。本心を語ることのできる肉親のいない孤独感を、母は一生背負い続けていた。加えて夫は自分の抱いていた父親像、夫像とはかけ離れた人物だ。どこにも母の寄る辺はない。

父親に奨励された短歌を夫によって禁じられ、それでもその三十一文字の中で寂しさを嘆かざるを得なかった母だ。父親がもし長らえていたなら、母の心にはどんな風が吹いたのだろう。

百肖像

私の母、上野晴子はほとんど化粧をしない人だった。若いころは紅のひとつも引いたかもしれない。しかし結婚後は父が嫌うのでしなくなったという。たまに薄い口紅でも塗ると、父はめざとく見つけて咎める。「なんだ、その人でも食ったような唇の色は」と。

髪型についてもパーマなどはもってのほかだ。もっとも明日の米も買えないような暮らしで、美容院通いができるはずもなかったが、父の妹の一人が結婚式を挙げるという日、珍しく母は美容院でセットをしてもらって帰ってきた。それを見た途端父は怒鳴りつけた。

「すぐに元に戻せ！」

ほかの妹たちも取りなしてくれたが、出奔した人とはいえ長州の長男の権力は絶大である。その剣幕に母は泣く泣く出来立てのセットを崩し、ひっつめ髪で結婚式に出席したのだった。「あのときは晴子お姉さんがかわいそうでね。いくらお兄ちゃんでも、こりゃあまあと思うたよ」と妹たちは今も話す。「こりゃあまあ」は古語の「いみじ」と似たような意味で、肯定的にも否定的にも使うが、この場合は「いみじうすさまじ」である。

父は髪の長い女が好みだったらしく、母が短く切ることを許さなかった。母は背中まで伸ばした髪を丸く結ってまとめていたが、洗髪が面倒だといつも悔やんでいた。孫が生まれて母が背負って子守をするようになったとき、この子の目に髪が入って悪くしてはいけないから短くしてはいくまいかとお伺いを立て、やっと断髪の認可が下りたのだった。「孫の威力ってすごいわよ。二十八年ぶりの文明開化よ」と母はさっぱりした髪を喜んだが、このころにはもう相当白髪が多くなっていた。

思うに父は明治生まれの自分の母親のイメージを、妻にも求めていたようだ。精神的にも、外見においても。マザコンなどというわけではないが、なにかにつけ表現が激烈な人であるから、こういう好みも激しく出てしまう。父の初期の作品『ひとくわぼり』に描かれるショージンさんの母親は、風采も忍耐強さも信心深さも、ほとんどそのままエイシンさんの母親である。

こんな父であるから、ファッションなどというものにはおよそ関心がなく、また無知であった。ある日若い女性の来訪者が帰られた後に父が言う。「あの人は若いのに気の毒に。補聴器をつけていたぞ」。その人は大きめのイヤリングを付けていたのだった。英信先生が自分に同情していたとは夢にも思うまい。またある日、やっぱり若い女性の来訪者が帰られた後に「顔にほやけがあって可哀想だ」と言っている。「おとうさん、あれは頬紅というものです」と母が教える。最近の街なかを父に歩かせ、若い人のファッションを見せたらなんと言うだろうか。近頃は男にも難聴が多いとか、昆布の食い方が足らんから髪が赤いとか、とんでもないことを言い出すかもしれない。

そんなファッション音痴の父が、毎日グラフの「百肖像」に取り上げられる日がやってきた。毎号ひとりの著名人の写真を掲載するもので、撮影は江成常夫氏である。さあ衣装はどうするか。決まったスタイルを持っている人や、奇抜なファッションを売りにしている人なら苦労はない。しかしこのころの父の普段着といえば、上はTシャツかポロシャツに、寒ければなんの変哲もないセーターの類。下は綿のズボンかGパンといった具合で、いずれも写真映りはよくなさそうだ。これではいかんと思ったのか、父は着物を着ると言い出した。青くなったのは母だ。全国の読者に見せられるような着物はなく、今から誂えるわけにもいかない。

「あれがあっただろうが、ぼくがいつも着ておったあの着物が。あれが一番だ」と父が出させたのは、以前原稿を書くときによく着ていた、古ぼけた絣の着物だった。

止めても聞く人ではない、と母は諦め、父はその着物で撮影に臨んだ。後日掲載された写真を見ると、さすがにプロの写真家である。いい表情、いいポーズをきっちりととらえてある。おまけに写真は白黒なので、襟元の擦り切れた具合やタバコの火で空けた穴もそれとはわからない。父はにんまりと喜び、母はほっと胸をなで下ろした。

この「百肖像」はその後一冊の本としてまとめられ、登場した父の元へも一冊送られてきた。ところが今度は不満である。「おかあさん、こっちの着物のほうが立派だ」と父が示すページ、それはよりによって父の肖像のすぐ次のページなのだが、千宗室氏が写っていたのだ。

「千家の宗匠と着物で張り合おうなんて厚かましい。身の程知らずにも程がある」と母は呆れ返った。私も「ぼろは着てても心の錦」と慰めようかと思ったが、慰めになりそうもないので、やめた。しかし父らしい良い写真ではある、と思っている。

野菜と小市民

女房の言動を自分の価値観に照らして気に入らぬとき、父はよく「きみはプチブルだ」と罵った。文章の中では極力そういう言葉を避け、いわゆる既製の労働運動用語にもたれかかることを嫌った父だったが、夫婦喧嘩となると「プチブル」「階級」「反動」などといった言葉が続々飛び出してくる。喧嘩は急がなければばならない。きっと投げつける言葉を推敲している時間がないのだろう。

母も負けてはいない。細胞会議にも参加していた実績でもって、きっちりと言い返す。

「あたしがプチブルならあなたはプチブル発生以前。封建制です！」

「ぼくのどこが封建制だ！　ぼくのように民主的な夫はおらん」と父はますます怒るが、はっきり言ってもう勝負はついている。階級的罵り合いを続けていると、原始共産制まで行き着いてしまう。すると「元始、女性は太陽であった」が出てきて、結局は父の負けだ。父は、もう仕事にならん、と家を飛び出して知人のところへ飲みに行くか、折良く来客があって、階級論争がうやむやになってしまうかだ。

父親の死後没落したものの、母の実家は福岡で計理士事務所をしていた。その先代も久留米の堅実な商家であったという。かたや父のほうはというと、貧しい船乗りの男と小さな農家の娘とを両親に持っている。文化大革命時の中国に倣い出自を辿って人を分類するなら母は有産階級である黒五類、父はその逆の紅五類であり、政治的には紅五類のほうが圧倒的に有利だ。父はこういう出自をふまえ、それに自身の戦争体験や炭鉱での労働体験を加えて、戦時中の勤労奉仕とタバコ屋の店番しか経験のない「お嬢様」をなじった。母の短歌を封じたのも、お嬢様の抒情的文芸と断定したからではないだろうか。同じ短歌でも坑夫であった山本詞さんの歌であれば積極的に支持するのであるから、単に三十一文字が嫌いといった問題でもなさそうだ。

母はプチブル攻撃を仕掛けてくる夫に「くやしかったら大市民になってごらんなさいよ」と言いながらも、やはりどこか後ろめたさのようなものを抱いているようだった。出自についての母自身の責任は全くないのだが。

父の攻撃は実にゲリラ的だ。いつどこから襲いかかってくるかわからない。例えばキャベツだ。ある日「きみは野菜を馬鹿にしておる」と言い始めた。曰く、自分は貧しい農家の生まれであり、肉や魚などめったに口にできるものではなかったが故に、年をとっても野菜を食う習慣は抜けないものだ。しかるにプチブルのお前は野菜を付け合わせ程度にしか使わないではないか、と。

昨日は「満洲育ち」を振り回して肉を食べたがった。その前は漁村の生まれを主張して魚を要求した。プチブルと野菜になんの関係があるのよと母が呆れていると、「もういい。きみが食わしてくれんなら自分でする」と父は台所へ立ち、キャベツをざくざくと切ると水と醤油、煮干しに砂糖を放り込んで薄黒く煮た。

「これが食べたかったんだ」と湯気の立つ鍋を食卓へ持ってきてそこから直接食べ始めたが、あまりお口に合わないようだ。ほどなく箸が止まると「あとはきみたちが食べていいぞ」と、母と私にお下げ渡しになった。二人で食べてみたが確かに不味く、父が挫折したのも頷ける。「またあとでいただきます」と片付け、母はそれをこっそりと、当時飼っていた好き嫌いのない犬にやった。

「おとうさんが作ってくださったのよ。さあお食べ」

しかし御製のキャベツは夫婦喧嘩の味がしたのか、ついに犬も食べなかったのである。我が家は父も母も私も、そして犬までも、全員がプチブルだったのだろうか。

おめでとうの前に

父上野英信が亡くなったのは、六十四歳という平均寿命に比べると若すぎる年齢であったが、それまでは原爆症以外はおよそ病気らしい病気をしたことのない人だった。二十二歳の誕生日の前日に広島で被爆。その後は原爆症に苦しんだ。肝臓を痛め、四十歳を少し過ぎるころまで「クルクロン」というきなこによく似た、黄土色の粉薬を毎日飲んでいたのを覚えている。原爆に遭ってあれだから、もしそれがなかったらどれほど元気で長生きをしただろうかと、母と話したものだった。

父がよく話し文章にも書いたことがあるのが、戦争の後の自分は、一九四五年八月六日から敗戦の八月十五日までの間をゆきつもどりつしてきた、という言葉だ。その十日間から出られないというのだ。ならばもうその地獄を生きるしかない、それで資本主義が作った地獄、炭鉱に飛び込むしかなかったのだと。また、八月六日に一度死んだのだ、と言うこともあった。

父は私たちに、軍隊での話をすることはほとんどなく、問いかければ手短に答えたが、消し去りたい記憶であるのか、それ以上は話そうとしなかった。私がやっている古本屋にも戦記物を置いているが、購買層は父と同世代の男性ばかりだ。その人々はどのような想いで戦記を読むのだろうか。悔恨の情をもって読むのか、あるいは青春の懐かしさからか。なかには戦地でいかに自分が活躍したかということを得々と語ってゆく人もあるが、そういう「あの時代」を回顧する感情は、父には見られなかった。以前話題になった「八甲田山」がテレビ放映され、母と私が見ていると「きみたちはそんなものを見るのか」と、父は苦々しげに言った。

私に残っている、一番最初に父に怒られた記憶は、まだ五歳のころ。なんの気なしに「せんそうにならないかなあ」と言った私に父が「なぜだ」と聞く。「だって飛行機が飛んでかっこいいもの」と答えた途端、父は私が持っていた牛乳のカップをもぎ取り、「戦争など起こってみろ、おまえが飲んでいるこの牛乳だって、もう飲めなくなってしまうんだぞ！今度そんなふざけたことを言ったらただじゃおかんぞ！」と怒鳴った。私は父の剣幕におびえて泣き出し、「この子ももうわかったようですから」と母が父をなだめた。

母は父よりも三歳年下で、疎開は経験しているが空襲に遭った体験はないし、父のように焼けただれた死体を運んだこともない。しかし勤労動員も経験しているし、寅年生まれということで、年の数だけ千人針を刺したということだ。「結局あたしも、なにも知らない愚かな軍国少女だったのよね」と悔しがっていた。だが知っていたところで、国の行く末に疑問を持ったところで、それを口にできる時代の空気ではなかっただろう。

そのころ母には、健一郎兄さんと呼ぶ従兄があったという。この人のことを、母は心から懐かしそうに話していた。それとは口に出さなかったが、親しい従兄以上の感情を抱いているようだった。その健一郎兄さんが戦争末期、輸送船に乗務中にインド洋で攻撃を受けて死んでしまったの、という話を母は何度も繰り返した。

「だからね、よくその夢を見るのよ。青くて冷たい海の底で、健一郎兄さんの白い骨がゆらゆら揺れているのよ。ああ、あそこに行ってみたいなあ」

そして続けて言うのだ。正義の戦争なんていうものはない。なにがあっても戦争だけはしてはいけない、と。

広島原爆の翌日が誕生日の父と、真珠湾攻撃の翌日が誕生日の母。「おめでとう」と言われるたびに忌まわしい「昭和」を思い出す二人だった。

温水シャワー付き

筑豊文庫の便所は臭い。誰も口には出さなかったが、心ではそう思われていたことだろう。計画されてはいるが、わが鞍手町は下水道未整備だ。浄化槽を設置して水洗化しているところもあるが、あの筑豊文庫にそんなしゃれたものがあるわけはなかった。ずどーん、と穴のあいた昔ながらの汲み取り式だ。トイレという外来語は似合わない。もちろん「おつり機能」もついているから、ある程度溜まったころで新聞紙などを放り込んでおかないと、もれなく小銭が返ってくる。「それがどうした」と父は言う。なにか不便を訴えるたびに「昔はみんなこうだったのだ」で片付けてしまう人だから、便所のおつりくらいなんということはない。その瞬間に尻をひねればうまい具合に落ちておつりなどこぬ、とすましていた。

どうにもならないのがにおいだった。ことに来客の多かった日の翌日がひどかった。わが家で来客といえば、即ち酒盛りのことだ。うすら寒い家で焼酎の水割りをたくさん飲めば小用を足したくなって当然だ。大人数が飲んでは出し、飲んでは出しする。なぜだか知らぬが酔っぱらいが使った後の便所は臭く、それが人数に比例する。換気は、近頃はほとんど見られなくなった風で回るブリキ製のにおい抜きが、臭突のてっぺんに申し訳程度についているだけでほとんど効果はなかった。

においの最大の発生源の人物に言ってもどうにもならぬ。母と私にできることは便所近辺の窓を開け放つことくらいだった。筑豊文庫を訪ねたら酔っぱらいのにおいが充満していた、では来訪者にあまりに申し訳ない。これは筑豊文庫解体まで、ついにそのままだった。

筑豊文庫の水は冷たい。誰からも苦情は出なかったが、顔を洗うのにも決心がいったことだろう。だから冬の朝は前夜からのお客さんのために、洗面器に湯を汲んでおくのが常だった。

私たちが越してきて当分の間、この一帯は毎朝一時間だけの給水だった。水源が小さく、一日中供給する能力がなかったのだ。それでもわが家は来客も多く、公民館の役割も果たさなければならないということで、高さ三メートルほどのコンクリートの貯水タンクに、毎朝水を満たしてその日一日に備えていた。周囲の人々は皆、土間に置いた大きなかめに水を汲み置き、柄杓《ひしゃく》で汲んで使っていたのだから、蛇口をひねればいつでも水の出るわが家は過ぎたる幸せだった。学校帰りの小学生たちが連れだって「おばちゃん、水飲ませて」と立ち寄ることもしばしばだった。

数年経ってやっと町営水道が整備され、全世帯常時給水が可能になったとき、「ああ、これでみんな楽になるわねえ」と母は自分のことのように喜んだものだ。ところがである。父はそれまで

の貯水タンク方式を改良しようとしないで、町営水道をそのまま貯水タンクに引っ張り込み、あくまでもタンクに固執した。せっかくあるタンクを使わないのはもったいないというのだ。しかしタンクだと水圧が不安定になり、湯沸かし器などが使えない。周囲には文明開化の波が押し寄せているのに、例によって「湯で洗いたければ鍋で沸かせ。昔はみんなこうだった」と、いかにも我ら台所人が堕落しているかのようにのたまうのである。母の手のひび、あかぎれが慢性化していたのは、特別皮膚が弱いからではなく、膨大な洗い物と合成洗剤と水の冷たさのせいだった。

鞍手は寒い、とよく言われる。寒風の吹き付ける貯水タンクに取り付けられたバルブはしばしば破裂してあたりを泥海にする。通常の五気圧用のバルブを二十気圧用という丈夫なものに替えても、一夜のうちに見るも無残に吹き飛んでいることがあった。「破れた世界の中で、一滴でも入れないといかんのだ」と、父は水割りをがぶがぶ飲みながら、わけの分からないことを言う。

「晴子さんのために水道引こうや」こう言ってくださったのは父の独身時代からの親友、千々和英行さんであった。親友がされるのなら父も文句は言えまい。千々和さんと私は父の留守を見計らい、庭を掘り返して新たに水道管を敷設して台所に引き込み、ついでに湯沸かし器まで取り付けてしまった。驚いたのは帰ってきた父だ。「これは……」と絶句したが、千々和さんがにこにこしておられるのでなにも言えない。私一人の仕業なら、埋めた水道管を掘り起こして元に戻せ、くらいのことは言い出しかねないが、今回ばかりはそうもいかぬ。

「なにが嬉しかったといって、お湯が出るようになったときほど嬉しいことはなかったわよ。あなたが無事に生まれたときの次に嬉しかった」と母は述懐した。さすれば母に対する私の最大の孝行は、湯沸かし器ということになる。安いものだ。

自由に使える水と快適な便所。今では当たり前のようになってしまったこの二つが欠けていた家に暮らした母には、ホスピスの個室に設置された「温水洗浄器付き便座」が信じられない宝物のように見えて、誰にでもすすめるのだった。「ほら、一度これを使っていきなさいよ。すごいわよ」と。

失格秘書

「玄関へ行ってお客様の履き物を揃えていらっしゃい」

これは母からよく言いつけられたことだった。筑豊文庫の玄関は、けっして立派ではなかったが広かった。多いときにはそこに十数足の靴が並ぶことになる。きちんと揃えて上がる人もあれば、乱雑に脱ぎ捨てる人もある。それらをきれいに並べ直し、土間に落ちた土を掃いておくのは私の役目だった。父が近くの坑口などへ案内し泥が付いているときには、靴ブラシをかけ布で拭いておく。お泊まりの場合は翌日の出立前までに母がクリームをつけて磨いておいた。だから私は学校から帰るとまず玄関を見て靴を数え、あまり多いときには靴だけ揃えるとすぐ外へ逃げた。部屋に入った途端大酒盛りがあっているというのは、小学生には嬉しいものではない。外で遊んで時間をつぶし、ほとぼりが冷めたころを見計らって家に戻るのだが、戻ってみると逆に靴は増えていてあてが外れることも多かった。

「上野君はどうしたんでしょうか。用事もないのにいつまでも学校にいるんです」と担任の先生から言われたことがある。「家庭が面白くないんでしょう」と母は答えた。

運転手さんにお茶を持ってゆくというのも私の役割だった。放送局や新聞社から取材などにこられた場合、運転専属の方はいくらすすめても絶対に家には入ってこられなかった。そういうルールになっているのかどうか私は知らないが、何時間でも車の中で待っておられるのである。そこで私が茶坊主となって、お茶、お菓子、おしぼりなどを車まで持ってゆくのだ。これはどうかすると、少しだけ車に乗せてもらえるという余禄にあずかることもあり、楽しい仕事だった。

両親は私にそういう手伝いを選んでさせることで、他人への敬意と礼儀、すべての人への心配りを身につけさせようとしたのだろう。ディレクターもカメラマンもドライバーも、皆同格で且つお前より目上である。自分が誰かより上だなどと勘違いすることはまかりならぬ、と。

一緒に街に出たときなど、父自身もたいそう気を遣っているのが伝わった。相手が給仕のお姉さんであろうがタバコ屋のおばあさんであろうが、いつもと同じ口調、同じ敬語で話しかける。おれは客だ、と横柄な態度をとるのを見たことがない。そして組織内での階級を、自分の人間的価値と混同しているような人物を嫌っていた。ゴットン節の「お姫様でも尻《けつ》の巣は黒い　お殿様でも屁はくさい」である。

下足番や茶坊主はよかったが一番いやだったのは、よそへ電話をかけさせられることだった。酔うとしばしば「誰々さんへ電話をかけてくれ」というのだが、私はその人を知らない。知らな

い人、それもずっと年かさの人へ電話をするのは実に緊張する。母は『キジバトの記』に、英信の手紙の代筆は骨が折れたと書いているが、手紙のほうがまだましだと私は思う。突然子どもの声で電話がかかるのだから、先方だって面食らってしまうことだろう。

相手が出られたからといって、すぐ父に代わると叱られる。「なにか話さんか」というのだ。日頃の無沙汰を詫びるとか、お元気かどうか尋ねるとか、なにか話すことがあろうがと言うが、会ったこともない人になにを話せというのだ。私は次第にずるくなった。父に見えないように、受話器を上げたふりをして実はボタンは押したままダイヤルを回すのだ。そして父に「話し中です」と告げる。しかしこれはまたあとから「もう一回かけてみろ」と言われる危険がある。そこで「お出になりませんね。お留守でしょう」に変えた。これなら当分安心だ。こうして父が電話をかけ損なったところは多い。

電話は受けるほうが面白い。変声期を過ぎて、私の声と父の声とはよく似てきたらしく、しばしば間違えられた。「英信さんですか」と聞かれれば、違いますと答えるが、「上野さんですか」と言われれば、そうですと答えるしかない。すると先方は話し始められ、途中で遮るのも気の毒で「はい、はい」と合いの手を入れながら用件を全部聞いてから「では父と代わります」と言う。「は?」と相手が戸惑われるのが楽しくて、かかってくる電話は積極的に取った。こんなことをして遊んでいるくらいだから、私は秘書にはなれなかった。

父が死んで間もないころ、私が電話に出ると相手が一瞬息を呑むのが伝わってきた。死んだはずの英信が電話に出た、そう思われたようである。生前、親子で声が似ていると人に言われると、決まって「ぼくの方がずっといい声です」と言っていた父も、悔しがっていることだろう。ただ、似ているのは声だけで、人間としては父に遙かに及ばぬことを私は知っている。

酒瓶と宝石

一九七八年六月下旬、父英信は二ヶ月の旅を終えてメキシコから帰国した。沖縄からの移民の足跡を追っての取材旅行だった。この取材は後に『眉屋私記』として実を結ぶことになる。

母は家で、間もなく帰宅する夫を迎える準備に追われていたので、羽田空港に父を出迎えたのは私だった。「やあ、きみが来てくれたのか。ありがとう」と父は元気に到着ロビーに現れた。私がいつも感心するのは、父が旅立ちや帰宅のときに見せる明るさだった。どんなに疲れていても不機嫌な顔を見せたことがない。期待と希望にあふれた顔で出て行き、満足した、充実していた、という表情で戻ってくる。それは留守を守る者に対しての父なりの気遣いだったのではなかろうか。また、朝食時に母とやり合って機嫌が悪くなるとしても、少なくとも寝室から現れる第一声は「おはようございました！」という晴れ晴れとした、郷里の言葉だった。

「こわれ物だ。重たいぞ、大切に持ってくれ」と父が私に持たせたのは、大きな風呂敷包みだった。手荷物として預けず、機内持ち込みで大事に抱えてきたらしい。行った先はメキシコだ。これはきっと銀細工の工芸品かなにかに違いない。込み合うモノレールや国電の中で人にぶつからぬよう、落とさぬように気を配りながら、私はその夜一泊するホテルまで運んだ。

さて、お持ちしましょうというボーイさんの言葉も辞退して、無事にホテルの部屋に着いた私は、その大切この上もない包みをそっとベッドの上に置いた。「ご苦労さん」父はおもむろに包みを解く。まばゆい銀の細工物が現れるのか、それともいっそ金か。私は父の手元を見つめた。風呂敷の色や柄は忘れてしまったが、包みの中身を目にした途端、私の期待は落胆に変わった。現れたのは二升以上は軽く入るであろうずんぐりした透明なガラス瓶で中身はテキーラ、しかも飲みかけ。こんな物を私は大切に運んでいたとは。いやそれよりもこの父は、何千キロもの飛行の間これを後生大事に抱えていたのだ。そして途中で飲んだのだ。

海外からの酒類の持ち込みは本数に制限がある。当時は何本まで許されたのか私は知らないが、とにかく何リットル入ろうが一本は一本、と考えたに違いない。まったく『ひとくわぼり』のシヨージンさんが、ひと鍬だけなら堤を切ることを許してつかわすという代官の言葉に、とんでもない大鍬を作ってみごとに水を勝ち取るというあの話と同じではないか。税関で咎められたら父はきっと「瓶の大きさは指図されとりまっせん」と大威張りで言ったことだろう。

私は呆れ果てたが、腹いせに飲み干してしまうわけにもゆかぬ。結局翌日の福岡行き国内線ではその大きな瓶は私の膝の上にあった。「床に置いて転げたら大変だ」と父が心配するものだから。そしてやっぱり母も呆れ返ったものだ。「どこに行っても、あたしには木の葉一枚持ってこないのにね」と。

酒の飲めない作家、松下竜一さんが父から飲まされて死にそうになったのは、まぎれもないこのテキーラである。その顛末はご本人がその著書『小さな手の哀しみ』に書いておられるので省略するが、とにかく危うく松下さんの命を奪いそうになったあの酒は、こうやって運ばれてきたのだった。

父の名誉のために書き添えると、木の葉よりもっといいものを持ってきたこともある。私が小さいころは、お土産はなにがいいかと必ず聞いてくれたし、農業移民としてブラジルやボリビアへ移住した炭鉱離職者の足跡を辿る一九七四年の最初の南米行きでは、母にアクアマリンという宝石を買ってきた。「高かったのだ」という言葉が添えられためったにないこの贈り物を母は喜び、死ぬまで大切にしていた。

「ぼくは観光旅行に行くのではない」といつも言っていた父だ。初めて南米に行く前夜には母と私を前にして「もしぼくが向こうで死んだとしても、遺体や遺骨を引き取りにくる必要はない。どうせ送られてくるのだから、それを受け取ってくれ。そして嘆き悲しむな」と言い置いた。「あのときはやっぱり厳粛な気持ちになったよね」と母と私は語り合った。

いささかオーバーではあったが「最長三年、短くても二年」と宣言し、家にあるだけの金を残らず持って出ようとして、母に「あたしと朱はどうやって生活するんですか」と言われて少し置いてゆくことにした父。そもそもの資金をカンパや借金や原稿料の前借りで調達し、あちこちで開いてもらった送別会で、親しい人と涙の別れを告げた父。

あの一連の華々しい出立は、たとえ死んでも炭鉱離職者の行く末を明らかにしてやる、という父の決意の表れだったのだろう。そして半年間にわたる南米各地の旅で一応の成果を上げ、無事に帰国することになった自分への褒美と心配をかけた妻へのねぎらいを、淡く青を含んだアクアマリンに込めたのではなかろうか。

見た目にはお世辞にも対等の関係とはいえぬ。また「伴侶として力不足の私はしばしば失速し転落した」と母も『キジバトの記』に書いている。しかしやはり英信と晴子は最良の戦友だったと、私は思っている。

さとうきびの花

ナイフとフォークを前にして、お客さんは当惑顔だ。ついさっき食事を済ませてきたことは告げた。なのに英信先生は「ビーフ・ステーキをお出しする」といって聞かないのだ。ほどなく母が運んできた皿には、周囲が緑色、中が赤くて丸いものがのっている。西瓜の輪切りだ。

一九七八年、メキシコから帰った父がテキーラと共に持ち込んだのは、西瓜を二、三センチの輪切りにしてナイフとフォークで食べるという方法だった。「メキシコではみんながこうやって食べているのだ」というふれこみだったが、詳しく聞くとメキシコシティーのホテルでこのようにして出てきたということだった。ホテルでの一度か二度の経験を、メキシコ全土に広げてしまうところが父の父たるところだ。父が「みんなが」と言えば一人か二人のことで、「朝から晩までひっきりなしに」と言うときはせいぜい二度か三度だということを、私たちは経験的に知っていた。

「これがわが家のビーフ・ステーキです。わはははは、びっくりしましたか。さあどうぞどうぞ」と父は得意顔だ。無理矢理肉を食べさせられるかと恐れていたお客さんはほっとする。もちろん父自身もカチャカチャと西瓜を切りわけて口に運ぶ。この食べ方は珍しがられたし、特に子どもにうけた。父の死後十年以上経って久しぶりに会った人からも、あの西瓜は楽しかったと言われた。

人を楽しませたのだからそれでもいいかとも思うのだが、私は今ひとつすっきりしない。父によるとメキシコの西瓜はそれこそ「みんな」長くて大きな枕のような姿だという。なるほど輪切りに適した形だ。しかしそれを日本のまん丸な西瓜でやるのだから効率が悪い。地球に例えれば、赤道を挟んで北緯四十度から南緯四十度あたりまでは父とお客さん用で、母と私はそれ以北と以南だ。父が帰国したのが六月下旬であるからその年の夏、母と私は西瓜の北極と南極を食べ続けた。そして西瓜が嫌いになった。数年して父が輪切りに飽きたころ西瓜嫌いからも回復したが、私たちにとってはまさに「夏が来れば思い出す」西瓜の極地帯の味だった。

上野英信という人物は生涯炭鉱から離れることはなく、晩年の作品『出ニッポン記』にしろ『眉屋私記』にしろ、すべて地下の鉱脈でつながっていた。筆力はあるのだから、どんなテーマであれ目新しいものを追ってそれなりの作品に仕上げることもできたのではないかと思うが、父は敢えてそれをせずに炭鉱を追い続けた、不器用と言えば不器用な人だ。また私たちも父が炭鉱に関係のないものを書くということは、想像したこともなかった。

こんな人物だから生活すべてにおいて一徹かというとそうでもなく、意外とかぶれやすい一面を持っていた。殊に飲み食いに関してはすぐに染まってしまい、またいつの間にかけろりと醒めてしまうのだった。

以前はコーヒーを飲む私たちを見下しつつ自分はお茶ばかり飲んでいたが、ブラジルから帰った途端に一変した。「コーヒーというものは地獄のように黒く、恋のように熱く、口づけのように甘くなければならんのだ」と言いながら、一日に何度もがぶがぶ飲む。上野さんはボタ山のように砂糖を入れると呆れられたこともあるというが父は意に介さず、まるでコーヒー農場の主人のような顔をして平然としていた。「ビールは腹がふくれていかん」と嫌っていたのも、南米へ行ってあっさり転向した。自分用にビールジョッキまで買ってきて、「セルベッサが一番だ」と朝からビールを飲む。が、しばらくするとそんなジョッキがあったことさえ忘れているといった具合で、今度はなんに染まるんだろうと母と話したものだ。

このかぶれ癖は晩年『眉屋私記』で沖縄と縁が深くなってさらにひどくなった。なんでも沖縄風でなければ気に入らない。ゴーヤチャンプルー、ソーミンチャンプルー、アシティビチー、ミミグワーなどなど。そしてそれを作ってくれと母に要求するのだが、母はそれらを食べたことがなく、父に尋ねてもなにが入っていてどういう調理がしてあったのかさっぱり要領を得ない。「なにしろうまかったのだ」と言うばかりだ。「そんなら一度くらい食べに連れて行きなさいよ」と言いながらも、母は試行錯誤を重ねてそれらしいものを作った。例えばソーミンチャンプルーなら、固めに茹でた素麺を水でよくよく洗ってぬめりを取ってから炒めればべたつかない。豚の角煮ならば水を少なめにして泡盛を加え、八角と生姜を入れて圧力鍋で煮る。砂糖は黒糖が合う。こういうことを母はひとつずつ発見していった。父のあやふやな話だけを頼りに未知の料理を創り上げる、その能力はなかなかのものだったと私は思う。

父が思っている味とぴったりだったときにはお褒めの言葉を賜る。曰く「ああ、おいしい。のどが開くようだ。おかあさん、この味をよく覚えておきなさい」と。

「ふん、偉そうに」と母は言うが、次回また同じ味を再現できるのがすごいところで、この女房ならなんとかしてくれる、という父の期待を裏切らなかった。

母ともよく話したことだが、沖縄では父は最高の顔を見せていた。それは父が演技をしていたというのではなく、周りの人々によって父の優しさや誠実な部分が引き出されていたということだ。父の死後に沖縄の人々によって編まれた『上野英信と沖縄』という追悼録に、父の厳しかった面を少しばかり書いたところ「信じられない」と言われたほどで、取材の対象である眉屋の山入端つるさんや一門の人々、父を支援して下さる琉球新報社の三木健さんはじめ多くの仲間に囲まれて、なんともいえない穏やかな表情をしていた。父のあの食い意地を抜きにしても、沖縄に惹かれ、のめり込んでいったのももっともだと思えるのである。

父が沖縄通いを始めたころに買ってきた海勢渡《うみせど》 豊《ゆたか》「琉球讃歌」というレコードがあるが、この中の「さとうきびの花」の一節「母の祈りに咲きそろう　さとうきびの花」という歌詞を聞いて父は唸った。

「こういう表現を聞くと、うーん、やられた！　と思うぞ」

優しい人々がいて、良い歌があり、おまけに料理と泡盛がおいしい。『眉屋私記戦後編』未完で別れた父と沖縄とは、永遠に蜜月のままである。

鍋

思い起こせばわが上野家では、割合鍋物が多かったように思う。あまり大人数のときは無理だが、そうでないときは鯨肉の味噌煮や鶏の水炊きなどをよくしていた。ひところ流行ったもつ鍋はほとんどしなかった。というより、両親が生きていたころはまだもつ鍋は世間に知られていなかったのだ。にんにく、キャベツ、多量のニラと臓物とくれば全く父好みの食べ物だが、臓物はトンチャンとして炭火で焼いて食べることが常であり、スープで煮て食べるという方法はわが家にも定着していなかった。

さて水炊き、ちりなどのときはアルマイトの深手の鍋を使ったが、それ以外では直径三〇センチ、深さ五センチ程度の耳付きの黒い鍋が活躍していた。この鍋は父が独身時代から使っていたという年季の入った物で、何十年も火にあぶられ水で洗われしているうちに中央部が窪んでしまい、平らなところにおいて回せば独楽のように回り続けるという代物だったが、長年のうちに油がしみこんでしまったのか焦げ付きにくく、大きさも手頃だったのでずっと主役の座を保っていた。

母は「鍋物は楽でいいわよ。材料を揃えればそれで済むんだもの」と幾品も作らなくて良いことを喜び、父もちょっと華やかなご馳走という感じのする鍋物を嬉しがった。夫婦の利害が珍しく一致していたのである。

いろいろある鍋物の中で父が最も執着したのはすきやきだった。あるとき、親しくしていた近くに住む一人暮らしの男性が、自分の家に友人を招いてすきやきを食べたということがあったが、後日それを聞いた父は「きみたちはぼくを呼びもせず、二人だけですきやきを食ったのか。友情というものはそういうものではないはずだ。もういい、きみたちという人間の本性を見た！」と、聞いていて恥ずかしくなるような怒り方をした。結局この人は改めて父を招いてお詫びのすき焼き会を催し、やっと父の怒りは収まったのである。独身時代、それに結婚後しばらくはとても牛肉どころではなかっただろう。そのせいか父のすきやきにかける執念は、ほかの鍋物にもまして深いものがあった。

ある日のこと。その日は食事を共にするお客さんもなく、私たち親子三人は平和に夕食を食べていた。久しぶりのすきやきに父も喜んでいる。鍋はもちろん例の黒鍋だ。

「そういえば、この鍋はおとうさんが持っていらしたんですよね」と母。

「うん、そうだった」

「ほらそれと白っぽい丸いやかん。あれもおとうさんが持っていらしたのよね」

「ああ、それもあったな」

そのやかんなら私も覚えている。容量一・五リットルのアルミ製で、つまみはとうに無くなり、あちこち窪んで黒ずんだところもある古ぼけたやかんだった。そのほかにもドーナツ状に穴のあいた分厚い鋳物の焼き芋鍋、父が戦争中に使っていた二合炊きの将校用飯盒やスープ皿など、「暮らしの手帖」にでも載っていそうな品々が現役で使われているわが家だった。もっとも飯盒は私の弁当箱に、錨のマークのある陸軍船舶砲兵の皿は猫の茶碗にされてはいたが。

そんな思い出話をしながら仲良く食べていたのだが、ふと父の箸が止まると「ちょっと待て」と厳しい目になって母を見た。そして続けて、

「きみはさっきから、ぼくが持って来た来たと言うが、ぼくが来たのではない。きみが来たのだ！」と怒りだした。

「まあ、そんなつもりで言ったんじゃありませんよ。ただあなたがお持ちになったから……」

「同じことだ。嫁に来たのはきみのほうであって、ぼくではない！」

鍋は煮詰まる。話も煮詰まる。こうして折角の一家団欒もあえなく焦げついてしまったのだった。父が書斎へ去った後、片付けをしながら母は私に言った。

「あたしは小鳥が巣を作るみたいに、お互いがなにかを持ち寄って新しい家庭を作ったつもり

だったけど、間違ってたのかな。でも急に怒りだすからびっくりしてしまった。はたと気が付いたのかしらね、こりゃいかんぞって」

この出来事以来、この鍋には「持参の鍋」という名が付いた。

こんな騒動を見守ってきた黒鍋であったが、ある日ついに寿命が尽きた。穴があいたのだ。底の鉄板が薄くなってしまってもう修繕もできず、わが家の台所から姿を消してしまった。「この持参の鍋もよく働いたわよねえ」と母は旧友を見送るようにそれを不燃物の袋に納めた。

でも今になって残念なことをしたと思う。あの鍋はなかなか風格もあったし、文学展などでの展示品にちょうど良かったのではなかろうか。故人愛用の品といえば灰皿と眼鏡と机ぐらいしかなくて、その度になにを出そうかと困ってしまうのだから。しかし陳列ケースの中に真っ黒なものが「持参の鍋」とプレートを付けられて鎮座していたら、参観者はなんと思うだろうか。

寸鉄

「晴子さんは優しい顔してきついこといわはる」と評されたことがある。「あたしはそんなにきついことは言わないわよ」と言いながらも母は内心嬉しがっている。やんわりと、しかしちくりと、というのが母の最も得意とするところだったから、我が意を得たりと喜んでいるようだった。また母のものの言い方を「玉突き」と評されたこともある。評者によると、他の人に言うふりをして実は英信に当たるように狙って発言しているとのこと。この評も「よくわかってるじゃないの」と母は喜んだ。

父のほうは「きみのは寸鉄人を刺す、だ」と顔をしかめたが、母が人に名付けた「知識の屑籠」「悩み虫」「鍋荒らし」などのあだ名はちゃっかり借用していた。

母は法螺話を好まず、おおざっぱな予定の立て方やずさんな計画を嫌った。なぜなら父の思いつきにはほとんどの場合、多くの金と時間と人手がかかるのだ。そしてそれはしばしば多くの人に迷惑をかけることになる、それが心苦しいと母は気にしていた。父が唱えた記録文学者の心得

「金を惜しむな、時間を惜しむな、命を惜しむな」はりっぱなこと。でもそのためにはある程度の見通しも必要でしょう、というのが母だった。

その点、父は気楽な人だった。酒盛りをしていて思いついた話をそのまま実現させようとする。遠賀川流域を歩く「五・五川筋隊」にしても、嘉穂劇場を借り切っての「山本作兵衛翁記念祭」にしても、いずれももとは酒の瓶から出てきたような話だったのだ。そして父の幸せなところは、打ち上げたアドバルーンを現実のものにするスタッフに恵まれていたということだ。スタッフといっても専属チームがあるわけではなく、その場で飲んでいた人がなりゆきでスタッフになってしまう。さらにその知人や親戚、仲間と広がって結局成功してしまうものだからいよいよお気楽になって、予定が半分も立ったなら「これでもうできたようなものだ」と喜んで祝杯をあげてしまうのだった。

母はそうはいかない。財布と台所を預かる身としては、夢や理想よりも現実のほうが先に立つ。酒飲み話に一緒になって浮かれているわけにはいかない。そこで料理を運んできたついでに、話が暴走しないようにちょっと釘を刺したりして、冒頭のような評価を受けるのだった。

父の金銭的無計画について、「作兵衛翁記念祭」で炭都飯塚の象徴、嘉穂劇場にみごとな舞台装置を作り上げた岡本葬儀社の岡本次男さんの言葉を引用する。

そのとき私のところ、正直言って経営が苦しかったとよ。だから作兵衛祭の話がきたとき、これで助かったーって思うたよ。上野英信ちいう偉い作家の先生で、金ならなんぼでも有ると聞いとろうが。初めて先生に会《お》うて、話を聞いて図面ば見せられて、最後に私が「ところで先生、ご予算は？」て聞いたところがすまーして「予算はありまっせん」ち言いなろうが。あいたー、こらとんでもないところにきてしもうた、て思うたばい。

しかしそこは川筋男である。岡本さんは完全に採算を度外視して全精力をそそぎ込み、嘉穂劇場の舞台に数千本の菊の花で夢のようなボタ山を作ってしまったのである。そしてさらに「私はあの仕事をさしてもろうてほんとに良かった」とまで言われるのだ。こんな人たちに恵まれて、父はますます楽天的になっていった。

六十四歳で亡くなった父が実現できなかった夢といえば『眉屋私記戦後編』と、山本作兵衛翁の旧居保存であろう。ことに作兵衛翁夫妻の旧居が空き家となって痛んでゆくのが心配でならなかった。あの家をきちんと手入れしてそこに作兵衛さんの絵をすべて集め、作兵衛美術館にするというのが父の描いた計画だった。

母が管理や維持費用はと聞くと、カンパでなんとかなる、と父は言う。誰が管理するんですかと聞くと「きみとぼくが住み込めばいいじゃないか」。

驚いた母が、じゃあこの筑豊文庫はどうなるんですかと言うと「なんとかなるさ。きみとぼくとが行ったり来たりすればいい」。

その途端、母は次の長台詞を一息に言った。

「なんとかなるわけないでしょう、そこがあなたのいきあたりばったりの考えのないとこ！」

いつもの寸鉄ではなく、犬釘でも叩き込むような勢いだった。父もさすがにびくっとして、この移住話は立ち消えになった。

父はとりあえず前に進む。理由は後からついてくる。女房もついてくるものだと、何十年経っても信じていた。母はそれにブレーキをかけながら、気付かれぬようそっと軌道を修正した。母がいなかったら父はとっくに転覆したか衝突していたに違いない。母は自分が手に職を持たないことを嘆いていたが、寸鉄をもって上野英信を操縦するという特殊技能を持っていた、と私には思える。

三大形容詞

「眠い、寒い、きつい」。これが母がよく口にした言葉で、私はこれを母の三大形容詞と呼んでいた。それが医学的に本当なのか私はよく知らないが、とにかく母は早起きが苦手で低血圧を看板にしていた。睡眠不足に極端に弱く、すぐ顔に出るものだから父の不興を買う。「なんだ朝から、その顔の皺は」というわけだ。

一方父は朝から元気な人だった。前夜遅くまで飲み、その後夜中まで原稿を書いたとしても、翌朝六時頃にはもう起きていた。睡眠時間が短くても平気らしく、早朝から庭を掃いたり草を取ったりしている。そして母が起きるのを待ちかねて熱いほうじ茶をいれさせ、その中に大きな梅干しを入れて飲むというのがいつもの朝の姿だった。

「上野英信はあんなに飲んでいつ原稿を書くのだろう」と言われていたが、酒宴がお開きになった後に書斎にこもって仕事をしていたのだ。だから原稿がはかどった次の朝はすこぶる機嫌が良い。ゆうべの酒の席で母を激しくなじっていたとしても、そんなことはけろりと忘れてしまったかのように上機嫌だった。音痴だから鼻歌などは出ないが、にこにこして「おはようございました！」の声も弾んでいる。

ある朝など母が私のそばへやってきてこっそりと「おとうさんがあんまり機嫌が良くていまいましい。喧嘩売ってみようか」と言う。どこをつけば相手が怒りだすかを母はよく心得ていたし、父もまたこの手の挑発にはすぐ乗ってしまうことがわかっているので、「やめてくれ」と私は母を止めた。夫婦のもんちゃくは晩酌のときだけで間に合っている。

睡眠不足で賄いをすれば疲れて当然だ。家の設計において「主婦の動線」などと言われるが、筑豊文庫の動線は断線していた。来客の多さを考慮して作られた機能的な、例えば対面型のキッチンならば料理をしながら会話をすることもできるが、もともと設計図などない家だから不便この上もない。いや図面がないことはないが、段ボールの切れ端に墨を引いただけのおよそ設計図と呼べるようなものではない。そこにまた後から継ぎ足して作った台所だったので段差も多く、背が低く膝も悪い母には辛かった。

「昔はみんな土間で炊事をしていたのだ」と炊事をしない父は威張るが、つましい家族ならともかく、連日の酒宴を支える厨房としてはあまりにも貧弱だった。

ただ私が母をあっぱれに思うのは、設備の悪さを理由に手を抜くようなことをしなかったことだ。ややこしい要求を出されるほど、なんとかそれに応えてやろうと努力した。英信に屈してなるものかという意地であり、それが母の心身を支えていたように思う。そして父はそれにどっぷりと甘えていた。

このような体の疲れよりさらに大きかったのが気疲れだ。大切な客人に不愉快な思いをさせてはならないし、主はもっとむつかしい人だ。母が『キジバトの記』に「三度の食事が無事に終わった日はほっとして胸をなでおろす思いをしたものである」と書いているが、私もほっとした。母がなじられる姿は見たくないし、止めに入れば「親に意見をするか」とまともに私と喧嘩になる。こんな緊張感が母の疲れを倍加させた。父の留守の日には「あたしはきついから寝る」とよく昼寝をしていた母だった。

寒さについては父の責任ではない。筑豊文庫のあったこの六反田は東西に走る谷に沿って冷たい風が吹き下ろしてくるので、天気予報で報じられる福岡の最低気温の数値より三、四度は低い。おまけに断熱性のまるでない、冬でも風通しの良い老朽家屋ときているから暖かいのはストーブの前だけで、それを消した途端にしんしんと底冷えがしてくる。朝起きると台所のやかんに残った水に氷が張っていることさえあった。母は元来寒がりで呼吸器も弱く、すぐに喉や鼻を痛めてしまう。父は常にアルコールを補給しているので体の中から暖まっているが、酒の飲めない母はそうはいかないし、いつ来客があるかもしれないので酔っぱらっているわけにもいかない。たくさん毛布や布団を重ねながらも「ゆうべは寒くてずっと眠れなかった」と恨めしそうな顔で父や私を睨むのだが、これぱかりは我々のせいではない。

ところがある年の十二月、自分の誕生日は盛大に祝うのに妻の誕生日は知らぬ顔の父が、「きみにお祝いだ」と電気毛布を買ってきた。珍しいことと母は喜び有り難く拝領したのだが、常にないことと不審に思ったのか、丁度居合わせた岡村昭彦に「英信がこんな物をくれたのよ。ネコちゃんどう思う」と尋ねた。

岡村ネコは笑って答えた。

「愛情を電気で表したかったんだろうよ！」

その夜、初めての電気毛布にくるまって寝た母は、翌朝三大形容詞を口にしなかった。それまでに母が父のために費やしたエネルギーに比べればわずかなものだが、それでも何百ワットかの愛情に包まれた、心地よい眠りであったに違いない。

やっと二代目

あるとき父の書斎の隅の抽斗の中に、放送局や新聞社のロゴ入りのガスライターがいくつも転がっているのを見つけた。そしてそれはいずれも火が点かなかった。

閉山相次ぐ筑豊がマスコミの注目を集めていたころ、父にもしばしば取材があった。そして記念品としてライターやボールペンなどの小物をもらうのだが、父はそれを使い捨てにしてしまうのだった。前もって充填してあるガスが切れて火が点かなくなると父はそれを抽斗に放り込み、徳用マッチの箱を引き寄せる。またもらって使い捨てにする。この繰り返しだった。それは贅沢をしているわけではなく、ガスを補充して使うということを知らなかっただけだ。

今のような百円ライターではなく金属製の立派なものなので、これではあまりにもったいないと思った私は、補充用のガスボンベを買ってきて父の目の前でガスを入れてみせた。「ほう、これは便利な物だ」と父も喜び、生き返ったライターでタバコに火を付けた。

二、三日したころ父が「朱、ガスが入らんぞ」と呼んでいる。そんなはずはない、私が教えたとおりにすれば入るはず。じゃあもう一度やってごらんなさいと言うと、父はボンベをライターにぎゅうぎゅう押しつけた。その途端シューッという音と共にあたりにガスがたちこめた。「ほら、ちっとも入らんだろうが」と父。見れば父はライターの底の補充用のバルブからではなく、火の出るほうから入れようとしているのだった。「もしもし、先込めの種子島銃じゃないんですからね」と言うと「わからん。きみにやろう」とボンベごと私にくれた。そしてわかりやすい百円ライターが登場するまで、このヘビースモーカーは徳用マッチを愛用していた。

こんな父が使えるテープレコーダーを探すのは難しい。日本語表示で簡単な操作、テープの動きが見えて軽いものでなければならない。万一うまく録音できなかった場合、不条理にも母がその責任を問われることになるのだから。父がブラジルへ出発する直前、私は秋葉原の電器街を何軒回ったことだろう。幸いこのときに買ったレコーダーに父は馴染み、その後の沖縄での取材にも役に立った。

もっとも上野英信という人はほとんどテープに頼らなかった。大切な話はちゃんと心に残るものだ、というのである。『眉屋私記』の取材では古老のウチナーグチがわからないのでやむなく使い、ブラジルでも補助的に使ったくらいのものだ。また初めて会った人にマイクを向けることもしない。「マイクを突きつけてさあ話せといって、誰が本当のことを話すものか。話をしてもらえるような関係を作るのが大変なのだ。こいつに自分のことを聞かせたい、と思われるまでにならなければ、話なんて聞けやせん」という。

そういう意味では『眉屋私記』は記録者としての父が最も力を発揮できた作品ではないかと思う。『廃鉱譜』収録の朝鮮人のお婆さんからの聞き書き「私の胸の心に」も良いが、『眉屋』ではさらに磨かれた父の、語り部ならぬ「語らせ部」の面目躍如たるところを見る。生前「『話していないことまで、どうして上野さんにはわかってしまうんだろう。本当に私が言いたかったのはこういうことさ』と言われたんだ」と嬉しそうに語っていたが、これは父にとって最高の褒め言葉だったに違いない。

母と私を連れて筑豊に移り住んだのも結局そういうことだ。都会からやってきて鉛筆とメモ帳を握って、あなたの悲しみを語れといったところで、誰も語りはしない。共に暮らして共に泣き、怒ったり笑ったりしながらやっと仲間として認めてもらうことができる。話を聞くのはそれからのことだ。三代続いてやっと江戸っ子と呼ばれるという話を聞いたことがあるが、「川筋者」を名乗ることができるまで、我が家は何代かかるのだろう。

筑豊に赴任してきて「話をしてもらえない。筑豊の人は警戒心が強いんですか」と嘆く新聞記者氏もある。まず記者であることを忘れて、一緒に泣き笑いすることではないでしょうか。私に言えることはそれしかない。

私のボタ拾い

古本屋をやっている私は「寄せ屋」と呼ばれる古紙回収業者の作業場に出入りする。寄せ屋というのは、ちり紙交換の人が集めた古新聞や段ボール、雑誌などを持ち込む集積所であり、「タテバ」ともいう。それらはそこで分類されて圧縮機にかけられ、一辺が一メートル以上ある立方体に固められてから再生紙の原料として製紙工場へと運び出されてゆく。私が用があるのはそこにある雑誌の山なのだ。

雑誌、というが本当は「雑紙」と呼んだ方がいいだろう。週刊誌、カタログ、書籍、包装紙など、つまり新聞紙と段ボール以外の雑多な紙類が山積みになっていて、その中から商品になりそうな本を探し出すのである。発行されて間もない漫画の本や小説を見つけたときはとても嬉しい。運の良いときには売り値の高い珍本を掘り当てることもあるが、逆になにひとつ収穫のないこともある。高さ三、四メートルの紙の山を上って下りて、ときには滑り落ちたりしながら掘り返して本を探す。そうやって目に付いた本を袋に詰めながら思うのは、まるでボタ拾いみたい、ということだ。

以前父が「ボタ拾い」という連載をしたとき、「あれはボタを拾うのではなく石炭を拾うのであるから、石炭拾いというべきだ」という読者からの指摘の手紙をもらったことがあるが、やはり私たちにはボタ拾いのほうが違和感がない。父もその連載の最終回に「提灯の中の蠟燭に火をつけるというべきところを、提灯に火をつけるというごときたぐいとおぼし召して、なにとぞ御寛恕ください」と記している。

それはさておき、私たちが筑豊へきたころにはすでに近くの炭鉱は閉山し、活きているボタ山もなかったので本当のボタ拾いはしたことがない。ボタ山の頂上でトロッコが反転してボタを落とし、それが急斜面を転がり落ちる。その繰り返しでボタ山は少しずつ高くなってゆく。その合間を縫ってボタに混じった石炭を拾い集める大変危険な作業でけが人も多く出たというが、私はこういう話は聞くばかりで実体験はない。それでも近所のボタ捨て場を掘り返して石炭のかけらを拾い出し、家の風呂の燃料の足しにしていた。

また閉山後にトロッコのレールも外されて角の丸くなったボタ山は子どもたちの恰好の遊び場でもあり、真夏でも自分たちで作った竹スキーや橇で滑り降りて遊んだものだ。自転車での直滑降に挑み、途中からは土煙と共に転げ落ちる元気者もいた。それに内部で発火したボタ山は冬でも暖かく、雪の舞う中でコオロギや蛙が跳ねていた。私たちも寒風に吹かれて手足が冷たくなると、棒きれなどで浅い穴を掘りその中にうずくまって暖をとったものだ。ボタ土の底から伝わってくるほのかな暖かさだった。それから三十年以上を経た今、そんなことを思い出しながら紙の山を漁っている。

ただこうやって自由に紙の山に上られるようになるまでには、自分の中でちょっとした葛藤があった。上り下りして本を探すためには、当然のことながら積み上げられた雑誌などを踏まねばならない。文字のあるものを足の下にするという、それがなかなかためらわれたのだ。

「文字《もんじ》の家に生まれ来て」

これが母がよく口にした言葉だ。これに続くのは「こんな字も読めないの」や「こんな言葉くらい知っておきなさい」であり、文字と言葉は神聖なものだというのが小さいころからの教えであった。だからたとえ広告のチラシ一枚であってもそれを跨ぐことは許されず、ましてや本を踏むなどとんでもないことだった。さらにその畏敬の念は筆記具や机にも及び、幼いころなんの気なしに座卓に腰掛けた私が「おとうさんが命がけで仕事をする机に、貴様尻をのせるのか！」と父に叩き落とされたこともあった。

英信も晴子も共に推敲の人であった。ひとつの言葉の重みとそれを紡ぎ出す苦労を熟知していたので、子どもの私にもいい加減な流行語を使って言葉を乱すことを許さなかった。もし「ムカつく」だの「キレる」だのと理性の感じられない言葉を吐いたなら、即座に殴り倒されたことだろう。また字を間違えるということも大変な恥とされていた。それは即ち推敲をしていないことの証拠であり、それはまたよく考えずに言葉を使っているということだった。我が家にとって文字や言葉はそれほど有り難くもまた恐ろしいものであり、幼いころからそれを叩き込まれてきた私には、それが古本屋の仕事とはいえ文字の山への第一歩がなかなか踏み出せないのだった。

寄せ屋に出入りするようになって四年になるが、文字を踏みつけているという罪悪感はいまだに消えない。「申し訳ありません」と心に念じて紙の山に上るのだが、いつか文字の神様の怒りに触れて、古紙と一緒に圧縮されてしまうのではという不安が拭いきれないでいる。ましてやその山の底のほうに父の著書が隠れていたらなどと想像すると、ますます怖くなってしまう。しかし幸か不幸か父は寡作の人であり発行部数も少ないので、古紙の山の中で出くわす確率も低いのが救いではある。

世襲

　すでに引退したが長島一茂、まだ現役の野村克則、この二人のプロ野球選手に私はひそかに同情している。二人とも数々の記録を残した名選手を父に持ち、敢えて自らも同じ世界に飛び込んだ人であるから私の同情など余計なお世話かもしれない。しかし常に親と比較され、「誰々の息子の」というレッテルのつきまとう二代目には二代目なりの、なんとも拭いようのない悲しみがある。親と同じように活躍して当然であり、及ばなければ「やっぱりね」と憐れみの混じった溜息をつかれるのが落ちだ。競走馬は「血で走る」というらしいが、人間ではなかなかそうはいかないようだ。だからこそ逆に子が親の記録を上回った場合はより賞賛に値するのだろう。

　私が幼いころからよく言われ、いまだに言われるのは「英信さんの息子だから作家になるんだろう」であり「なにか書いているんだろう」という言葉だ。そう言われる側の気持ちもわからないではないし、期待されるのも有り難いことではある。しかし文章は血では書けないし、ましてや親の名前を頼りに書くものでもなかろう。おまけに私は自他共に認める根性曲がりであるから、当然書くだろうと言われると、ならば意地でも書くものかという気になってしまう。

一九七四年に父英信は初めて南米各地を訪れたのだが、旧知のカメラマンと二人だけの旅だった。その後メキシコを訪ねた際も通訳として沖縄の青年が同行した。そのころ父はある人から「どうして息子を連れて行かないのか」と尋ねられたことがある。当時私は両親と同居していたし、体力だけはありそうな息子をなぜ使わないのかと疑問に思われたのだろう。その問いに父は「息子は別の人が鍛えるのです」と答えた。

父がこう答えたわけは、ひとつは我が息子の力不足をよく知っていたからであろうし、今ひとつは自分の七光りが子に及ぶのを避けようという考えがあったのではなかろうか。共に行動すれば息子の私までが父と同等の扱いを受けかねない。上野英信の息子ということだけで、なんの実績もない、苦労も知らない若造がちやほやされてはいけない。

私はそもそも非常に危ない環境で育ってきた。我が家への訪問者のほとんどが「上野英信先生」に会いに来られるわけで、私の立場は「先生の坊ちゃん」である。はるか年上の人でも私のことをひとり前の人物として対される。小さいころからこれが続けば、子どもはつい自分までが偉いもののように錯覚してしまいがちだ。実際私のことを「ただのガキ」として扱ったのは岡村昭彦ただ一人だった。こういう親の七光りの害毒を両親ともにわかっていて、来客の前では一歩も二歩も下がった振舞いをするよう命じ、下働きとしての仕事を私に与えた。中学校から帰宅し

た私が数足の靴が玄関にあるのを見て「誰か来てるの」と尋ねたところ、母が「あんたより目下の人は一人もおられないよ！」と厳しい口調で叱ったのも、知らず知らずの内に息子が増長するのを危惧したからだろう。
　父が築いた筑豊文庫をあっさり閉じてしまった理由のひとつに、英信の名を引き継がないという目的もあった。いくら母と私が「英信の死は筑豊文庫の死」と主張したところで、建物と資料がある限り世間ではそうは見られない。英信亡きあとは晴子が、そして朱が引き継ぐものだというのが常識のようになっていた。しかし私は実際の炭鉱を知らないし、聞きかじりで炭鉱を語ったり、ものを書いたりすることは許されない。また後年は少々酒でふやけたとはいえ、筑豊文庫とは単なる私設図書館ではなく、父の

革命の拠点であったはずだ。革命は革命家が引き継ぐものであって、妻や子が相続するものではない。また晩年の父は自分に逆らうことのない人を集め、少しでも批判的なことをいう人を遠ざけるという危険な兆候も見られたので、父の死と筑豊文庫の解体は一切をゼロに戻す良い機会でもあった。

今でも時折炭鉱問題を調べる人からの問い合わせなどが舞い込むが、私は申し訳ありませんと断ってほかの人を紹介することにしている。「筑豊文庫ならわかると思ったのに」と落胆されるが、生前の母にも私にも上野英信の代理は務まらないし、それだけは絶対にやってはいけないことだ。

見方によってはせっかく父の元に集まった資料をまるごとよそへ移してしまい、その人脈も含めて放り出してしまった馬鹿息子である。しかし馬鹿には馬鹿なりの仁義の通し方もあってもいいだろう。「あなたの名前を利用しません」という父への仁義、それは同時にこの「筑豊」への仁義でもある。

作家の署名

活字になった父の最後の文章は「グリーンライフ」という雑誌に掲載されたエッセイで、九州大学付属病院の病室で書いたものであった。内容ははっきりとは覚えていないが、福岡県遠賀郡の日炭高松炭鉱で働いていたころのこと、会社とかけ合って木を植えさせたことなどであったように思う。食道癌の治療は一段落していたが続けて起こった帯状疱疹の治療中でまだ体力が無く、長いものは書けなかったが、死病の淵から生きて戻ってきた喜びが感じられるような清々しいエッセイであった。ただこの内容についての記憶が曖昧なのは、その後の葬儀や建て替えの混乱で掲載紙を紛失、原稿も送る前にコピーをとっておいたのだがそれも行方不明になっているためだ。捨てるはずはない、と母と探したのだがとうとう見つからなかった。

父の原稿や取材ノートなど、整理分類しないまま箱詰めになっている物も多く、私が生きているうちに整理なり処分なりをしておかないと後の者が困るだろうと思うが、日々の暮らしに追われてなかなか手が回らないでいる。筑豊文庫にあった資料類にしても項目別に分類して目録にしたい、できればパソコンで検索できるようにしたいという夢はありながら手つかずのままだ。ただ、書籍や資料ならまだ始末はつけやすい。たとえ私が整理しきれなかったとしても、誰かそれを必要とする人のもとへ渡り、そこで活用されるだろう。本当に必要とする人があれば、資料は自ずと集まってくるものだと私は思っている。扱いに困るのが書き崩しの原稿、日記、手紙の類だ。人目に触れさせるわけにはいかないし、さればとて焼き捨てるには忍びない。

「朱、きみに伝えておく。もしおとうさんがこのまま死んでしまったら」と父は口を開いた。入院の支度をして九大病院へ向かう車の中でのことだ。

「書きかけの原稿を見たいとか、日記を本にしようとか、そんな話が出るかもしれない。しかし誰がなんと言おうとそれははっきりと断ってくれ。おとうさんがきちんと署名をして活字になったものなら、それについてはいくらでも責任を持つ。しかし書き崩しについていろいろ言われたくはない。作家は活字になったものがすべてだ。ましてや日記とか私信などは論外だ。いいか、頼んでおくぞ」

この言葉がその後の母と私の拠り所となった。父の死後、文学展などに展示品を提供する際の明確な基準になったのだ。「活字になったものがすべてである、と英信が申しておりました」と母もこの言葉に頼っていた。おかげで上野英信コーナーの展示品は缶ピースと灰皿と眼鏡のほかは、あまり多くはない著作のみといういたって簡素なものになった。旅先から家族へ宛てた絵葉書とか、書き足しや削除で一杯の原稿などがあれば文士らしいかもしれないが、なにしろ本人の遺言のようなものであるから、遺族がそれを破るわけにはいかない。

ひとつ安心なのは父のほとんどの作品は生前に『上野英信集』（全五巻・径書房）としてまとめられ、死後にその全集を出版しようなどという話がないことだ。この『英信集』は一応「第一期」ということになってはいるが、すでに版元品切れの巻もあり増刷の予定もないということであるから、第二期が出る気遣いもない。「日記・書簡」などの巻に自分の心の内が載せられてしまうのは私なら耐えられないし、それが父のものであれば今度は親の墓を暴かれているようで、これも耐えられない。結局、私が死ぬ前にすべてを処分してゆくことになるだろう。父は自分の思想や生き様をすべてその作品で表現し、母もまた一冊のエッセイ集にその生涯を凝縮した。それで充分だ、と思う。

「活字になったもの」の唯一の例外は、いよいよ最期に書いたメモ「筑豊よ」である。このメモについては母も『キジバトの記』に書いているが、「筑豊よ／日本を根底から／変革する、エネルギーの／ルツボであれ／火床であれ」と五行にわたって記した父は、その最後にわざわざ「上野英信」とフルネームで署名をしている。この署名をもって母と私はこのメモを公にしてよいものと解釈した。もしこの署名がなかったら、この最後の文字もいまだに眠ったままであったかもしれない。

強い頭と良い頭

ちょっとおなかが痛い、軽い下痢をした。少しでもそんなことがあると、愛用の薬ビオフェルミンを飲みながら母の推理が始まる。まずさっきの食事になにを食べたか。その前は、さらにその前の食事はと。さらに間食でなにかおかしなものはなかったか。「また犯人探しが始まった」と私たちは笑うが、母は四、五食くらいさかのぼって食べたものを思い起こし、その中から腹痛を起こした容疑者を見つけだし断罪する。「やっぱりあれがいけなかったのよ」。

その容疑者もりんごだったり豆腐だったり目玉焼きだったりして、私たちから見ればおよそ嫌疑をかけられる謂れもなさそうなものが母にとっては憎き真犯人で、こうやってなにかを捕まえてしまえばそれこそ腹の虫が治まるのか、腹痛もじきによくなるのだった。

もと歌人の上野晴子というと歌集や純文学一筋といった印象があるかもしれないが、ある程度年をとってからのお気に入りは外国のスパイものや探偵ものだった。国際的謀略、情報戦、暗殺などが大好きで、中でも最高に面白かったというのがフォーサイスの『ジャッカルの日』であった。「晴子ねえさん、これ面白いんだぜ」と岡村昭彦からもらった本である。また同著者の『オデッサ・ファイル』『戦争の犬たち』『神の拳』なども好きだった。テレビでも「刑事コロンボ」「シャーロック・ホームズ」「名探偵ダウリング神父」などを楽しみにしていて、朝刊のテレビ欄にそれらを見つけると「今日は殺しがある!」と夕食や入浴を早めにすませて待ち構え、見終わると「やっぱりいいわね、外国の推理は。頭の中がすっとするもの」と喜ぶのだった。

かたや父は推理物が苦手だった。推理どころか冒頭に犯人の顔と犯行現場を見せ、そのアリバイ工作をいかに崩してゆくかを見せ場にしている「刑事コロンボ」でさえ、途中でなにがなんだかわからなくなってしまうらしく、犯人より先に父のほうがテレビの前から姿をくらましていた。頭は悪くないのにと不思議に思ったが、小さな変化を見抜いたり供述のちょっとした矛盾を衝いたりするのが面倒くさいらしい。

「そこが面白いんでしょうが」と言う母は好奇心旺盛で記憶力も良く、新たになにかを知るということをたいそう喜んだ。体力に自信がなかったし時間の余裕もなかったので、自らあちこち出歩いて見聞を広めるということはほとんどなかったが、人の出入りの多い家ゆえ、知識や情報それに未知の優れた人物との出会いまで、居ながらにして得ることができた。明日の来訪者はいかなる人物か、どんな考えをもってどこへ行こうとしている人なのか。そういった興味が、台所に立つ母の後押しをしていたように思える。人間に対する興味もなしにただ賄いだけをしようとしても、何十年も続くものではないだろう。

我が家では訪問者はほとんどもれなく芳名録に住所と名前を記入してもらっていた。私たちがひそかに「一見さん」とか「初会の方」とか呼んでいた初めての来訪者だけでなく、何度もこられる人々にもその都度記入してもらう習慣だった。聞くところによると他の場所で偶然出会い、そういえば筑豊文庫の名簿で見た名前だ、ということで親しくなられた人もあるというが、母はその芳名録を常に点検して新しい人は大学ノートの住所録に書き写す。その他住所の変更などもすぐに訂正し、恐ろしいことにはその何千人かのプロフィールをほとんど記憶していた。

ごくまれに傍らに「晴子記憶なし」と書かれた名前もあるが、それは父が外で会って名刺だけもらってきたとか、滅多にない母の留守中に来られたとか、そんな人であった。父はそんな母の記憶力にすっかり頼っていて、思い出す努力もしなければ覚えようともしなかった。見慣れぬ名前の手紙などくるとすぐ「おかあさん、こりゃ誰かい」と尋ねる父に、「まああなた、もうお忘れになったんですの」と、母はその手紙の主がいつごろこられてどういう人であったかを説明する。母がいなければ人とのつき合いや交信といった「文庫」の根幹をなす部分はたちまち麻痺していたことだろう。

ただ母と二人で感心していたのが、このように人の顔と名前を覚えるのが苦手な父が、こと自分の仕事となるとみごとな記憶力を発揮することだった。それは例えば『出ニッポン記』における多くの移住者名とそれぞれの苦難の歴史、それに横文字の移住地名であり、『眉屋私記』では眉屋の人々の家系や、ウチナーグチを交えて語られた悲しみと喜びの出来事の数々だった。また取材にほとんどテープレコーダーを使わず、家や宿に戻って完璧な取材ノートを作る姿を見ていたので、結局頭の中の記憶回路が全く違うのだろう、直接仕事に必要のないものは自動的に遮断するようになっているのだろうというのが母と私の結論だった。

頭の回路という見方でいけば、父よりも母のほうが回路の数としては多かったように思う。さすがにワイドショーまでは見ないが、世間で起こる事件や事故にはひととおり興味を示した。ここでもやはり海外を舞台とするものを好み、ハイジャックでも起ころうものならテレビの前を離れなかった。

一九九六年から九七年にかけてのペルーの日本大使公邸占拠事件でも、ゲリラの中に知り合いでもいるかのように熱心に事態の推移を見守っていたが、特殊部隊突入の朝は入院していたホスピスから「今突入した！」と電話で私たちを叩き起こしたのだった。また同年の香港返還、これをあたしは是非見たい、それまで命がもつかしらと心配していた母だったが、幸い病状の進行が遅くベッドサイドのテレビで見ることができた。「ご感想は？」と聞くと「チャールズ皇太子って、あんまりいい男じゃないわね」という返事で、知的好奇心のみならず相当の野次馬根性も持ち合わせていた。さらにその母が亡くなった四日後にはダイアナ元皇太子妃の事故死というニュースが飛び込んできたが、生きていたなら「これは事故に見せかけた暗殺よ」と、流れてくる情報の裏を読もうと熱中したに違いない。

「頭はそれほど良くある必要はない。必要なのは強い頭だ」と言ったのは父英信だ。その言葉通り父は、挫けて落ち込むことのない強靱な頭と無駄のない回路、なにものにも左右されない信念をもって一生を貫いた。癌を患っても、自分は原爆で一度死んだのだという良い意味での開き直りと、病気というものへの興味のなさが父の気持ちを楽にしていたのではないだろうか。一方の母晴子は頭の強さでは夫にはとても太刀打ちできないものの、回路の多さとあくなき好奇心で一生を乗り切った。夫と同じように癌を患い死を目前にしても、病状はどう進むのか、どのような痛みなのか、どうやって死んでゆくのかという興味を失わなかった。

表現の仕方も体質も全く異なるこの二人だったが、それぞれの不足分をみごとに補完しあって「筑豊文庫」というひとつの頭脳を成していたように私には思える。

記念の石

筑豊の田園地帯を歩けば、あちこちに大きな石碑を見かける。田畑の鉱害復旧記念碑である。うち棄てられた坑道が蟻の巣のように残る産炭地は、田も畑も宅地もみな地の底へと沈んでゆく。以前大谷石の採掘跡が大規模な陥没を起こしたというニュースを見たことがあるが、あれほど一気に陥没することは今の筑豊では稀で、徐々に沈下していつの間にか家は傾き田畑は川より低くなっているという具合だ。そこで鉱害復旧工事が行われるわけだが、水田の場合はまずブルドーザーで耕土をはぎ取り、山土などを一定の高さまで敷き詰めてから耕土を戻し、区画整理などして復旧完了となる。そしてその一画の、県道などに面したあたりに大きな石碑が建つわけだが、それには「鉱害復旧完成記念」などの金色の文字が刻まれ、その筆はほとんど地元選出の国会議員などによるものだ。

しかし一度や二度の化粧で治まるような地盤沈下ではなく、いずれはまた田畑は沈み再びの復旧が必要となる日が来るのだが、そんなときこの大きな石は邪魔にならないのだろうか。そもそもこんな記念碑が必要なのか。その費用を水門の修理や用水路の浚渫にでも充てたほうがよほど有効ではないか。そしてなによりも、こんなものに自分の筆跡を刻み残してどんな気持ちがするのだろうか。幸いなことに父は政界とはなんの関わりもなかったので、どれだけ探し回ったところであのガリ版のような文字を刻んだ石碑にぶつかる気遣いはない。だが危ないのが文学碑の類だ。

世の中にはやたらと石碑の好きな人もあって、作家の誰々ゆかりの地だとか、詩や小説の一節を刻んだ碑などを自宅に建てまくり、まるで墓場のようになっているところさえある。そして中には「上野さんの文学碑を建てなきゃいかん」という声も聞かれるが、母と私はひたすら断り続けてきた。「故人がいかなる碑も辞退する、と申しておりました」というのが決まり文句だったが、父の言葉をそのまま記せば「記念の石を建てるな」である。

この言葉は父がずいぶん以前から口にしてきたもので、ゲーテかリルケか、とにかく大詩人から無断借用していたものだ。父は自分の文章によって筑豊が観光地のように見られることを嫌い、同時に文章の一部のみを露出することを嫌った。全体を読んでそこからなにかを感じ取り、どうすべきかをそれぞれが考えてほしい。自分がここにいたことなどに大した意味はなく、碑はそれぞれの心の中に建てるべきものだ、というのである。自分の墓石さえ「そんなものはいらん。野の花一輪供えるべし」と言い残して食道癌の治療に赴いた人だ。家族としてはその遺志を尊重し

てやりたいと思うし、「筑豊文庫跡」などという碑が建って文学散歩の行き先のひとつになるのはたまらない。また文学者には石碑より紙碑のほうが似合うだろう。

　こうした父の考えと私たちの考えとが一致して文学碑の話を片端押し倒してきたのだが、ひとつ困った話が起きて未だ保留になったままだ。というのは、父が亡くなった翌年に母と私は沖縄での「しのぶ集い」に招かれたのだが、その席上文学碑建立の話になってしまったのだ。父の遺作『眉屋私記』の舞台である屋部《やぶ》の渡波屋《とわや》に碑を建てようというものである。

　その碑がただ単に上野英信を顕彰しようなどというものではないことはわかっている。眉屋の人々の、沖縄の人々の、自分たちの歴史の誇りとしての碑であろうことは理解できるし嬉しいことだ。

しかし原則は守らねばならぬと、母と私は故人の言「記念の石を建てるな」を持ち出して辞退した。たいていの場合この一言で諦めてもらえるのだが、沖縄の人々の思いは熱く、我々二人の抵抗はなんの力にもならない。極めつけはある人の次のような言葉だった。「なに、屋部には石はたくさんありますから」。

この一言で母と私の腰は、それこそ軽石のように砕けてしまった。

「いよいよそうなったら除幕式で後家さんがひもを引っぱるんよ」と言う私に、母は「あたしは恥ずかしいから行かんからね。あなた代表で行きなさいよ」と逃げ、碑が建つ前に死んでしまった。私の退路はもうない。

さてどうしよう。往生際悪く、私はまだ考えあぐねている。

ハルマゲドン

「いらんばい、を三回言うたらね、たいがいみんな帰るんよ」と笑ったのは、北九州の印刷屋さんで絵草紙作家の故・山福康政さんだった。山福一家と我が家とは家族ぐるみでの長いつきあいだったが、もろもろの勧誘をいかに断るかという話になったときのことだ。それが品物の販売であれ宗教の勧誘であれ、はたまた募金や署名集めであってもすべて「いらんばい」を三回言えば相手は諦めるというのだ。茫洋とした風采の、おまけにどこか超俗的なところのある山福さんだからできる技であろうと私たちは納得した。

山福さんの断り方を柔とするなら、剛は近くに住むUさんだ。宗教へのいざないに彼女はこう答えるという。

「あんたなぁ、自分のことも信じられんとに神様とか信じられるな!」

これは一回だけ言えば効き目があるというが、長い間裏切られ続けてきた人だからこそ言える台詞だよねと私たちは話したものだ。

母はしばしば訪れてくるこの信心深そうな人たちをとても苦手にしていて、表で話し声がしたりそれらしい人影を認めると「あっ、ハルマゲドンがやって来た。あたしは出らんからね。あなた出てちょうだいよ」と、奥の方へ逃げてしまうのだった。その理由はというと、あの人たちは「ボランティアで来ました」なんて言うけれど、そもそもボランティアとかチャリティーとかいう口当たりのいい言葉が好かん。宗教の宣伝にきたって言えばいいじゃないのよ。だけどみんな一様に礼儀正しく丁寧で、おまけに小さい子どもなんかを連れているからその子の前でむげに断るのが気の毒だ、ということであった。

母は一見おとなしそうだがイエス・ノーははっきりという人であったし、激しくはないが鋭い言葉で相手の臓腑を抉るのを得意技にしていたくらいだが、玄関先で宗教論を戦わせるにはこのハルマゲドンはあまりにも穏やかで善良そうで張り合いもなかったのだろう。また、なにかを無条件に信じ込むということのない人で、自分で納得できないものは断固拒否した。「あたしは源頼朝の子孫だから疑い深いのよ」と言っていた母だが、実家に伝わるニセ系図は平氏につながっていた。

それはさておき若いころ、母は霊媒師のところへ連れて行かれたことがあるという。それは別に晴子を霊媒師に弟子入りさせようということではなく、死に別れた父親の声を聞かせてやろうということだったそうだ。母はそういうものは好きではなかったが我慢していると、やがて父親が乗り移ったらしい霊媒師がいろいろ話しかけ始めた。しかし若き日の晴子の目にはその霊媒師がなんとも胡散臭い上に薄汚く見えて仕方がなく、「あたしの大切なおとうさんがこんな変な人のところに降りてくるわけがない。こんなのは嘘だ」と頑として返事をしないでいると、ついに霊媒師のほうが「こんな頑固な娘はどうにもならん」とさじを投げたとのこと。こんな母を宗教や霊の世界に引き込むのはなかなか困難なことであったろう。

ただ完全な無神論者かというとそうとも言い切れず、この世界や生命を創り出したなんだかわからない大きな力のようなものは感じると話していた。しかし自分が苦しいときでもその力にすがろうとはしない。亡くなりつつある人や亡くなった人の魂が救われるようにと祈りはするが、私を救って下さいと祈ることはない。この世を極めて自覚的に生きることによって、なにかに頼らずとも勝手に救われてしまう、言い換えれば、自分で自分を救ってしまう人間であったように思う。このあたりの感覚は夫婦で一致していたので、英信と晴子の間で宗教戦争が起こることもなかったのであろう。

だからといってこの二人が宗教とは全く無縁かというとそうでもなかった。母の実家は日蓮宗、父のほうは浄土真宗であり、それぞれ一応の宗教的儀礼は心得ていたし葬儀に出れば手は合わせる。父は自分を勘当した父親のお逮夜に「南無阿弥陀佛」と書いて手作りの仏壇に供えもしたし、母もたまに日蓮宗のお経を聞くと「やっぱり小さいころから耳に馴染んでいるから」と懐かしがっていた。つまり二人ともどこか根っこのほうには仏教的なものを持ちながら、ふだんの生活にはそれが表れないという日本人の一典型だった。

こんな晴子がキリスト教系のホスピスに入り、その礼拝堂で葬儀まで出してしまったものだから驚いた人も多かった。晴子さんは本当はキリスト教徒だったのかとか、病院で洗礼を受けたのかなどとよく尋ねられたがさにあらず。母にとっては以前から憧れていたホスピスがたまたまキリスト教精神を基本とする病院だったということであり、その人柄を尊敬しすべてを託した主治医の下稲葉康之先生が牧師さんでもあったということだ。

このホスピスにおいて行われる催し事や医療のあり方は、好奇心旺盛な母を喜ばせた。ドクター以外にも患者の心のケアにあたる牧師さんがあり、各病室を訪ねては聖書の話をしたり歌を聞かせたりしてくれる。キリスト教について断片的な知識しかない母にとっては、牧師さんたちとの問答は目新しく楽しいものだったらしい。私が病室に行くのを待ち構えていて母は言う。

「あのね、キリストの復活を信じられるかどうか、そこが信仰の分かれ道らしいわよ。それを信じればキリスト教そのものを信じられるんだって」

「ほう、じゃあおかあさんはどうなのよ」と尋ねると、母はにやっ笑って「一切空」と答える。なかなかしぶとい。そのくせ、一緒にお祈りしましょうと言われると神妙な顔で指など組んでいる。「おやまあ、邪教徒が」と冷やかすと「いいじゃないの、面白いんだから」とすましていた。

母にとってのキリスト教は救いを求めて信じるものというより、初めて身近に触れる異文化として西洋の小説を読むように楽しみ、且つ考えるものであったようだ。またそういう母の態度もここでは許されていて、「イエス様を信じなさい」とはひとことも言われなかったことが、母の気持ちを安らかにさせていたように思える。母と宗教とが互いの一線を守り、うまい具合に共存しているように私には見えた。

この福岡亀山栄光病院のホスピスで亡くなったとしてもキリスト教式の葬儀を強制されるわけではなく、遺体を家に連れ帰って仏式の葬儀を行うことも多いと聞く。母の場合は下稲葉先生と私を含めた三人で葬儀について話し合った際、母が「あたしは下稲葉先生のやりかたで送っていただきたいと思います」と、礼拝堂での葬儀を選択したのだった。

母が亡くなったのが八月下旬であったため翌年が初盆になったが、葬儀のときの周囲の戸惑いは一年を経てもまだ続いていた。まず地区の役員さんがやってきて曰く「先生んがた奥さんはキリスト教ち聞いたが、盆踊りをしに行っていいとやろか?」。またこのような問い合わせもあった。「初盆はキリスト教でする? それとも仏教?」

ああ、ここはやっぱり仏教国、耶蘇は異端である。しかしキリスト教の初盆というのも、あったら見てみたいなと思ったものだ。みんなのこんな混乱を知ったら、母はきっとまた例のいたずらっぽい目で、してやったりと喜んだことだろう。

看板を下ろす日

左から晴子、森崎和江、石牟礼道子、英信。1969年（撮影＝宮田昭）

上・筑豊文庫の一隅を仕事場にしていた岡村昭彦。左・壁の旗は南ベトナム解放民族戦線旗
下右・一九六六年、筑豊文庫の玄関にて、左端、岡村昭彦。右端晴子
下左・一九七〇年頃の筑豊文庫

1972年頃

夜空へとどけ

台風が近付いている証拠に風の匂いがいつもと違っている。明日は夕顔の鉢を部屋の中に入れておかなければと思う。

母がホスピスに入院したのは四月下旬だったが、その少し前に母はそれまで過ごした幾たびもの春と同じようにプランターに夕顔の種を播いた。夕顔は芽が出るまでになかなか時間のかかるもので、播種から収穫まであっという間にかたがつく二十日大根のようなわけにはいかない。命のあるうちにその花を見ることはできないかもしれない。いや芽が出るまでも生きていないかもしれない。腹膜癌の病状が切迫していることは自分でよくわかっていて、それでも花の種を播いてゆく母を、私は驚きと悲しみの混じった複雑な気持ちで見ていた。

母が好きだった花をあげればまず夕顔、それに鷺草《さぎそう》、木槿《むくげ》であろう。なかでも夕顔は一番のお気に入りで毎年育てていて、竹に絡んだつるにつく蕾《つぼみ》の様子を見ては「今日は五つも咲きそうよ」などと喜んでいた。夕顔のほうも白と薄緑のねじれ模様の、ごく細身のソフトクリームのような蕾を天に向けて陽が傾くのを待っている。八月の暑さが少しだけ和らいでくる夕刻にそのねじれ模様がゆっくりとほどけ始めると母はもう動けない。

「あ、今ちょっと開いた。あっ、また開いた」と、純白の花が開ききるまでつききりで見つめている。しかしこの花も翌朝までにはしぼんでしまう一夜限りの花だ。そこで母はもう真っ暗になってからでも懐中電灯をつけて眺めに行き、そのほのかな香りをかいでくるのだった。

見た目には夜の女王のような月下美人ほど華麗ではないし、香りもあれほど濃密ではない。また同じ白でも、春の宵にぼんぼりを灯したようなモクレンのようになまめかしくもないが、それとは気付かぬくらいの夜気の流れにかすかに身をふるわせつつ、星に呼びかけるかのように夜空を仰いでいる姿には、ほかの花とはまた違った孤独感と気高さが感じられる。

母の播いた夕顔は五月になって芽を出し順調に育っていった。体のほうも当初の予想以上にもってくれていたので、今日は本葉が出たよとか、つるが巻きつき始めたよなどと報告することができた。そして最初の蕾が今夜開くという日、私はそれを剪って病室へ届けることにした。夕顔は水あげの悪い植物で活け花には不向きだが、せめて蕾だけでも見せてやりたかったのだ。

一時間ほど車に揺られた二輪の夕顔は少ししおれかけていたが、病室の洗面台に張った水に浸しておくうちに元気を取り戻した。そしてベッドサイドの花瓶でみごとにその花を咲かせたのだった。その夜、母は夜勤の看護婦さんたちと一緒に純白の花を愛でたという。

母の命が尽きたのはその夕顔の盛り、八月の末だった。主が逝ってしまったことを知ってか知らずか、夕顔はこれまでで最も多くの花を咲かせていた。

やがて秋風に実が熟して乳白色の種がとれ、私はその種を母の形見として親しい知人に分けた。そして翌春には自分でも播いたのだが、この二代目の種は土の中で一ヶ月以上も眠り続け、もうだめかと諦めかけたころにやっと芽を出した。まだ頭に種の外皮をのせたまま土から顔を出した芽を見つけたときの喜びは、行方を案じていた家人が無事に戻ってきたときの安堵感に似ていた。そしてまた花が咲き種ができ、数えて今年が三代目の夕顔だ。また来年、さらに次の年と私は種を播き続けることだろう。これが私なりの母への供養である。

(夕顔といっても図鑑にあるユウガオとは違い、正しくは「夕咲きの朝顔」らしいが、我が家ではずっとこの花のことを夕顔と呼び慣わしてきた。)

骨はどこへ行った

母が亡くなって丸二年以上過ぎたが、寺の納骨堂にも私の手元にも遺骨はない。母の希望で献体したためまだ返されてきていないのだ。そういうとすぐに納得する人もあり、また「そんなに時間がかかるとは」と驚く人もあるが、「なんで献体なんか」と言う人はない。あの晴子のことだから、死んだ後も少し人と違うことをやりたがるに違いないと思われているのかもしれない。

母はまだ元気なうちから、死後の自分の遺体の始末について「どうするのが一番いいかしらね」とよく口にしていた。献体に関心はあるものの、解剖に供して自分の遺体がどう扱われるのか多少は気になっていたようだ。また死んだら一刻も早く灰になってしまいたいという気持ちと、せめて医学のために役に立ちたいという気持ちとの間で揺れ動いて、なかなか結論が出せないのだった。

一方、父の答えは明快だった。

「ぼくはさんざん仕事をしてきた。これ以上医学生の役になど立ってやるものか。ぼくの体を切り刻んだりすることはならん」

母は約束を守り、父のあの大きな体はごく普通に火葬されて陶芸家の友人が焼いてくれた壺に納まっている。

母の迷いはその後も長いこと続いていたが、腹膜癌と診断され入院して手術を待つ数日の間にいいものを発見した。病理解剖である。「これこれ。医学の役にも立ってすぐ灰にもなれて一挙両得よ。これにしよう」と母は喜び、私にも解剖同意書への署名を求めた。そしていよいよ明日は手術という日、担当医から手術の進め方や麻酔についての説明などを受け、最後に「なにか質問はありませんか」と言われた母は間髪を入れず「死んだら病理解剖をしていただけるんでしょうね」と尋ねた。

「いや、死ぬんじゃなくて、よくなるために手術をするんですから」

予期せぬ質問に慌てるドクター。

「だって死んでからじゃ確かめられないでしょう、本当に解剖していただけるかどうか。書類もちゃんと婦長さんにお渡ししてあるんですよ」と追い討ちをかける母。必ず解剖しますという確約を得て、母はやっと安心して手術を受けることになった。

幸い母は手術で死んでしまうことはなかったので病理解剖の夢は遠のき、残る選択肢は一般的な葬儀か献体ということになった。癌が再発してホスピスに入るまでの間、母はさらに熟考し、結局「よってたかって死化粧をされたり、死体をのぞき込んでやれきれいな死に顔だ、眠っているようだなんて言われるのが好かん。お棺にふたをするときのあの愁嘆場もいやだ。さっさと運んでいってもらったほうがいい」ということで献体に決めたのだった。

父がもし生きていたなら、自分の妻が医学生の教材として解剖されることを認めたかどうか。生前「もしきみがいなくなったとしても、ぼくはぼくできちんとやってゆけるのだ」と大見得を切ってはいたが、いざその場面になると後追い自殺まではしないとは思うが、きっとひどく悲しみ、解剖なんてとんでもないと断固拒否したのではないかと思う。そこへゆくと私は薄情なのかもしれないが、「お母さんの体だから、お母さんの望むようにするがいいよ」とあっさりと承諾書に判を押したのだった。

おかしくもありまた気の毒でもあったのだが、お父さんが僧侶、息子さんが九州大学医学部の学生という友人親子だ。お父さんは「あいた、私の息子が晴子奥さんば解剖することになったらどうしようか。ようと拝んでから解剖するように言うとかないかん」。また息子さんのほうも「もしそうなったら、僕は別の遺体の班に変えてもらおう」と恐れていたらしいが、幸いなことに実習では上野晴子の遺体には当たらず、親子で安堵したということであった。

このような次第で長らく留守にしていた母だが、このほど大学病院から数ヶ月後に遺骨を返還するという通知がきた。自宅まで届けるのがよいか、遺族が大学まで受け取りにくるほうがよいかという選択に加え、骨壺の大きさの選択もできてなかなか親切なことだ。ただ笑ったのが壺の大きさを表すのに「三合、五合、一升」のいずれかに丸をつけるようになっていることだ。おいおい、こりゃ酒かいなと話したことだが、この業界ではこういうふうに表すのかもしれない。

斗酒をも辞さずの山本作兵衛翁や私の父なら、一升でも足りないと言うところかもしれないが、母はあたしの骨はこれに入れておくれ、とお気に入りの紅茶の壺を指定していった。直径八センチ、高さ一〇センチ余の肉厚の金属製の容器で、蓋には「茶」という文字が浮き彫りになっている小ぶりのものである。三合でも多すぎるかもしれない。いやそれよりも「これに入れてくださ い」とこの茶壺を持参したらどんな顔をされるだろう。やってみたいような気もしている。

貧者の高楊枝

数年前のことだ。我が家の近所に住む女性が町の公民館へ行ったところ、そこの図書室に上野英信の著作がないことに気付き、地元の作家の本くらい備えてほしいと言ったところ、係の人が「著者から寄付してもらえるならば」と答えたそうだ。その一言にこの女性はむっとして「上野先生んがたは貧乏ですけん寄付など出来まっせん。買ってください」と言ってやった、とのこと。「なにをとぼけたことを言うとやろうか」とこの人は私たちに代わって憤慨してくれていた。

さて、上野先生んがたが貧乏だということにどれだけの人が気付いていただろうか。確かに夫婦二人とも外へ仕事に出るわけでもなく、来客も多くて昼間から酒など飲んでいることもある。ケースワーカーの目に怯えながら日雇いの肉体労働に行く人々や、高利貸しの取り立てに追われる人々から見れば裕福な暮らしに見えたことだろう。ある隣人の切迫した求めに応じてなけなしの金を貸したところ、上野のところは高利貸しをしているという噂が立ってしまったと父が記しているが、そう思われても仕方のないところもあった。また子どもの私も栄養失調にもならずに生きていて、雨の日には長靴を履き傘をさして学校へ行くことができた。家に傘がないため、強い雨が降れば学校へこられない同級生も珍しくはなかったのだ。小さな炭坑が閉山してしまった後の疲れ切った集落の中にあっては、やはり恵まれた生活であったといえよう。だがもしも、朝早くから山に分け入って採ってきた山菜や、ボタ土を耕して精魂込めて育てた作物を分けてくれたり、陥落池で釣った魚を届けてくれる人々がいなかったとしたら、また遠方から送ってもらう食糧や衣類がなかったとしたら、我が家の生活はとても成り立ちはしなかっただろう。

私自身は幼いころに飢えに苦しんだという記憶はない。それは父と母がなんとか食べさせてくれたからであり、このような周囲の人々の恵みによるものである。しかしながら同時に、物質的に満ち足りたという記憶もない。子どものころから常に願いは叶わぬものであり、欲望は抑制するものであった。食べ盛りの高校時代、夕食が近づいたころに「ああ腹減った」とつぶやいただけで父に叱られた。そんなことを口にするな、武士は食わねど高楊枝というであろうが。なにがあっても平然としていなければならぬ、というわけだ。ぼくは武士ではない。それにおとうさんはうわばみの如く酒を飲むじゃないかと心の中で反発したが、あとで思えばその高楊枝が父のスタイルであった。

「なんでそんなものを借りにいくんだよ。みんながここに借りにくるようでなきゃだめじゃないか」と怒ったのは岡村昭彦だ。大工仕事をするのに鋸と金槌を近所に借りに行く姿を見咎めてのこと。しかし不定期で少ない父の収入は取材の費用と「筑豊文庫」での食費に消え、親子三人の着るものはほとんどすべてが中古品のもらい物でまかなっているような経済状態では、そういう道具を購う余裕もなかったのだ。また岡村昭彦という人は自分が見込んだ若い人に「行って勉強してこい」と各地へ送り込むことがあり、我が家へもそういった人がやってきたが、その中の一人は「清貧というものを見てこい」と言われたそうだ。「それを言うなら赤貧じゃないの」と母は笑った。母も家計簿をつけようとしたことがあるが、あまりのエンゲル係数の高さと収入の少なさにばかばかしくなったのか、ほどなくやめてしまった。

このような手元不如意の状態は長く続いたが、父や母が金のことで悔やみ事を言うのを聞いたことはなかった。母が『キジバトの記』で貧乏について「困ったなあとは思ったがいやだなあとは一度も思わなかった」と書いているが、夫婦とも同じような感覚だったのではないだろうか。金のなさには困るが、それがいやだとも感じないので愚痴を言うこともない。筑豊文庫設立から一九七〇年代にかけての最も来客の多かったあのころ、玄関に募金箱でも置いて十円でも二十円でも入れてもらえばずいぶん助かっただろうと思うが、両親共にそういう発想はまるでなかった。父は「ぼくは売文業にはならぬ」と胸を張り、母も「おとうさんが納得できる仕事ができればいいんです」と、増収を求めることをせず「首陽の蕨だ」と二人で笑っている始末だった。

今父の書いたものを読み返してみるとどこにも貧乏のにおいがしない。ユーモア混じりに「こ

の貧乏オヤジには……」と書いたものもあるがそれすらも誇らしげだ。母もエッセイ集に困窮していたころのことを記してはいるが、そこに惨めな様子は感じられない。時の流れが貧困も美しい想い出に変えてしまったのかとも思うが、心底貧乏がいやで、また金で人を計る人間であったなら、とうの昔に父は記録文学という仕事を、母は文学者の妻を廃業していたことだろう。

こんな二人であったからそこに「借金訓」が生まれた。これは新聞連載の「ボタ拾い」の中の一編であるが、父はこう書いている。

「その借金は、かならず至上の誇りをもってできる種類のものでなければならぬ。相手もきみに金を貸したことを生涯の誇りにできるような仕事のためにのみ、金は借りたまえ。そうでない借金は、自分を辱めるばかりでなく、相手をも辱める。自分を不幸にするばかりでなく、相手をも不幸にする。まかりまちがっても怠惰と虚栄の尻ぬぐいのために借金してはならぬ。借金の理由にチリほどの嘘もあってはならぬ」

こんなに誇り高く、且つ厳しい決意で金を借りる人を私は知らない。同時に「上野さんの仕事のためにならら」と快く用立ててくれる人に恵まれていた父は、稀にみる幸せな人間だったと思うのだ。

しかし蕨のみでは生きてゆけないように、誇りだけでも腹はふくれない。母は買ってきた米を米櫃《こめびつ》に移すその音をことのほか嬉しがった。父も新しいウイスキーの封を切る音や密閉された缶ピースに空気が入る瞬間の音を喜んだが、「お米があるのを見ると、ああ、これで明日も生きられるって思うのよね」と言った母のほうが、より現世に近いところにいたように思う。岩波新書『追われゆく坑夫たち』が同時代ライブラリーの一冊として新装なったとき、その本の帯に印刷された「昔、日本には貧乏があった」というコピーを見て「こんなことを言わないとわからない時代になったのね」と母は溜息をついた。

筑豊文庫の暮らし、英信と晴子の生涯は物質的金銭的には恵まれてはいなかったが、地位のため金のために節を曲げることはしないという、考えようによっては最高の贅沢であったのかもしれない。

（「首陽の蕨」については、魯迅の「采薇」を参照されたい）

怒る人

「なんで笑うんだよ！　怒らなきゃいけないところでなんで笑ってるんだよ！」

テレビのニュースを見ていた岡村ネコが声を荒げた。画面には街頭インタビューに答える中年女性が、公共料金の値上げについて聞かれて「困りますねえ」と言いながら顔には笑みを浮かべていたのだ。

「ほかの国でこんな値上げなんかしてみろ、すぐデモだぞ。民衆は政府に対して怒らなきゃいけないんだ。それをなんだ、こんなににこにこして馬鹿じゃないのか。砒素《ひそ》ミルク事件にしたってそうだ。赤ん坊が飲むミルクに毒が混ざるなんてことをしでかしたら、そんな会社は不買運動であっという間につぶれてしまわあ。それがつぶれずにまだあって、大きくなってるじゃないか。なんでみんなもっと怒んないんだよ、馬鹿だなこの国の人間は！」

ネコは口が悪い。馬鹿だ、だめだ、公安だ、ＣＩＡだと罵られた人も多い。その罵り言葉の善し悪しはさておき、彼の言うのももっともだと思えることが多い。たとえばベトナムにおける彼の写真の代表作の一枚、こもにくるまれた我が子の死体を抱いて悲しむ政府軍の兵士。この写真を撮ったときのことを彼は話した。

「写真を撮ってくれって言うんだぞ。私の子どもが死んでしまった、どうか写真を撮っておくれ、と。言えねえだろ、日本人は」

またこういう話も聞かされた。

「アイルランドでだなあ、知らない同士が道ですれ違うとするだろ。そうするとなあ、目を見てにこって笑うんだよ。それは相手に対して『敵意はないよ』っていう合図なんだよ。それをなんだ日本人は、どいつもこいつも噛みつきそうな顔して歩いてやがる」

悲しみや怒りや喜びをきちんと表現しろとネコは言った。そして彼自身よく怒る人であり、これが岡村ネコの原動力ではなかったのだろうかと思う。彼の強引な仕事の進め方によって迷惑を被った人も多いと聞くし、戦争報道についてその真偽さえ疑う向きもあるという。そのあたりのことについては私は詳しく知らないが、彼が権力や国家に怒り、同時に怒り方を知らない、もしくは忘れてしまった民衆に対しても怒っていたことはまぎれもない真実だったと思う。

彼は物事すべてに科学的な裏付けを求めた。彼の得意な「なぜ」に正確に答え得るものがなくてはだめだ、そうでなければ闘えないだろうがと。ところが筑豊文庫を訪れる人々は、そもそも上野英信の記録文学に興味を持って集まるわけで文学肌の人が多く、岡村ネコにはそれが不満だったようだ。「なんだ、文化系の人間ばっかりじゃないか！　ここには自然科学をやるやつがいないからだめなんだよ」と言うのを聞いたこともある。

確かに父の性格にはどんぶり勘定的なところがあり、ネコのようにきっちりとした裏付けをとるというのをうっとうしがる傾向があって、たまに私たちが父の言葉の矛盾を衝いたりすると「うるさい、おまえは官僚的だ」と蹴散らしてしまうこともあった。ネコから見れば父も結局非科学的な人間の一人だったのかもしれない。

しかし怒りの強さと持続においては父もネコにひけをとらず、またその方向も共通していた。権力や搾取するものへの怒り、そして支配されていることに気付こうともせず、中流意識にふやけている多数への怒りだった。父の若いころの文章を見るとその怒りが露出しているのが見てとれる。硬い文体で言葉も鋭角的だ。それが次第に静かな文章になり、同時に一層の深みが感じられるようになってゆくのは五十歳を過ぎたあたりからだろうか。晩年には暗い水の底にひっそりと沈んでいる悲しみを、両手でそっと掬いあげるような文章に変わっていった。だからといって父の人柄が丸くなったとか好々爺になったとかいうわけではけっしてなく、以前と同じように常に怒っている人だった。

「あーあ、誰か一人くらい、自分の思想体系をまとめ上げようなんて人間はおらんもんかね」という、宴の後の父の嘆息が耳に残っている。

一つの仕事を確立する人の宿命のように、父も多くの敵を作り批判も受けた。その言動に眉をひそめた人も多いことだろう。ただその批判や非難に動じることなく、自分の信じることだけを貫き通した頭の強さには感心する。ネコと英信の最大の共通点はこの頭の強さだと、母と話したものだった。

私が今とても残念に思っているのは上野英信、岡村昭彦の二人がいったいどういうふうに年老いてゆくのかを見られなかったことだ。「あの二人はとても寝たきり老人にはならないよね。『起きたきり老人』にでもなるんじゃないの。それもうるさいかもね」と母と私は恐れつつも楽しみにしていたのだが、二人とも予想に反して、体の弱い母よりずっと早く死んでしまった。

彼らは写真や文章、それぞれの方法で権力を糾弾し続け、おまえたちはなにをやっているんだと私たちを叱っていた。しかし彼らが命がけで次へ手渡そうとしたもののかけらすら、怠惰な私は受け取ることができていない。

「なあんだ、ダメだなあ」

「おまえは馬鹿だ」

死んでなお、父とネコは私を叱り続けている。

筑豊文庫十三回忌

月曜日の筑豊文庫玄関前、「本日休館日」と書かれた札を指でなぞりながら、少し年かさの子が幼い子に向かって得意げに読んでやっている。

「これはおまえ『ようふくや、やすみ』ち書いてあるとたい」

一九六四年の夏の間、父は大工さんや応援の人々と共に汗を流し、柱と屋根だけになっていた坑夫長屋を筑豊文庫の本館として作り上げた。この建物を集会所、図書館、さらには地域の文化センターとして育ててゆきたいというのが父の夢であったが、まず最初の利用は救援物資、衣料品の配布所としてであった。各地の友人、支援者の人々から送られてくる古着を皆に分配する日が続いていたころのことだ。小さな子どもの目には、突然できた洋服屋のように見えたことだろう。そして私もその古着のお世話になっていた。

思えば筑豊文庫にある品物にはさまざまなネームが入っていたものだ。木製の長机や椅子には放送局、固さBの使いかけの鉛筆には新聞社、ビニールレザーにインクの染みのあるベンチや物品棚には郵便局の名が入っていた。それらはすべてそこに勤める知人の厚意で、買い替えや廃棄処分の際に筑豊文庫の役に立てばと寄贈されたものだった。間もなく玄関を入って正面の部屋を児童図書室として開放したが、ここに並ぶ本もすべてあちこちから贈られたものだった。本の後ろには父が自分でガリ版で貸し出し票を刷って貼りつけた。この謄写版ももちろん貰いものである。子どもたちは読みたい本を借りる際にはここに日付と名前を記入し、それを母が台帳に書き写した。今でもたまに「おれ、先生のとこで本を借りたことがある」という人に出会うことがある。私もまだ小さかったのでどのくらいの貸し出しがあったのかよくは知らなかったが、結構な数の利用はあったようだ。ちなみにこのころは「貸本屋」と呼ばれていた。

この貸本屋は夏休みには小学生が集まって宿題などをする場となり、母がその指導にあたっていたので、母のことを「おばちゃんせんせい」と呼ぶ子どももあった。また「筑豊の子どもを守る会」など、関東や関西の大学生がまとまった休みを利用してキャラバン隊を組織して筑豊へ入り、子どもたちの生活や学習の世話をした。筑豊文庫でもずいぶん手伝ってもらったものだが、なにしろ皆二十歳前後の青春まっただ中であり、異郷で過ごす間に次々とカップルができる。羨ましさも半分あったのかもしれぬ、父は学生キャラバンのことを「大型生殖器」と揶揄していた。

あのころ大学生だった人々も、今では五十歳を過ぎているはずだ。それぞれの心に筑豊はどういう形で残っているのか、その後の人生になにか影響を与えたのか聞いてみたい気がする。なかには卒業後再び筑豊へやってきて、そのまま住み着いて今も活動をしておられる人もあって、父が好んだ言葉「我が身を投じる」の、まさに実践者だ。この人のところに最初の赤ちゃんが生まれたとき、父は「あなたもやっと生産的なことをしましたね」とはなはだ失礼なお祝いの言葉を述べたそうだが、父にとってはなにより嬉しいことだったに違いない。私たちがこの地へきて十年後に、それまでの雨漏りだらけの屋根瓦を葺き替えた際の近所の人の感想は「ああこれで上野先生がもうどこにも行きなれん、ち思うて安心した」だったが、それと同じように筑豊での新しい命の誕生を、素直な表現ではないものの父が心から喜んでいたことは想像に難くない。

さてこの筑豊文庫や私の両親は、地域の人々にとってどんな存在であったか。

周囲には長屋が建ち並び公共の施設など皆無であったころ、ここは公民館として利用され、常会と呼ばれる隣組の会合も開かれていた。母が「家は、集会所と図書館と食堂と宿屋と、ときには駆け込み寺をも兼ねて深夜まで人声の絶えることがなかった」と書いているように、多くの人が出入りした。結婚の相談や就職の世話など、父と母の果たした役割も大きい。しかしこれも母が言うように「筑豊文庫は初期の目的からいえば失敗だった」と、残念ながら私も思う。集会所と図書館は確かにある時期まで地域のために機能したが、いつの間にか食堂と宿屋という外来者のための比重が大きくなりすぎてしまったのだ。

父もあまりに多い取材に音を上げ「マスコミお断り」と大書して玄関に掲げたこともあったが

効果はなく、来訪者は増える一方だった。その合間を縫って父は懸命に筑豊のことを書き、それがまた人を呼び寄せるのであるから皮肉な結果である。たまに近所の人が立ち寄ってもお客さんの気配に遠慮して帰ってしまう。母も接客に追われて子どもたちの相手どころではなく、せっかくの図書室も閉めがちになって次第に大人も子どもも足が遠のいていった。

こう書くとひとえに外来者のために筑豊文庫がその目的を果たせなかったように見えるかもしれないがそれだけではなく、やはり父の内にもその原因はあったように思う。自分の著書にサインを求められて「坑夫英信」と記し、社会の一番底に位置しようと苦闘していた父の姿を見ていながらこう評するのは私にとっても大変つらいことだが、やはり上野英信という人は文学者でありインテリであって、「近所のおいちゃん」にはついになれなかったのだ。学歴詐称ですぐに解雇された海老津《えびつ》炭坑を皮切りに、自ら炭を掘り落盤にも遭った父だったが、この新延六反田《にのぶろくたんだ》にあってはやはり「先生」だった。先生は教え導く存在であり、母もまた「先生がたの奥さん」だ。同じように泣き笑い、愚痴をこぼしあってときには喧嘩もしたりという関係にはいま少し及ばなかった。中学生だった私を地域共同で行う除草作業に必ず参加させていたのは、せめてこの子を仲間として認めてやってほしいという願いがあったからかもしれない。

あるとき、「上野先生はほんっとうの小ヤマは知っとんしゃれんもんね」と寂しげに言った一人の女性の言葉が、私の耳の奥に悲しく刺さっている。

父の闘いはペンによる闘いであり、かつて「地下戦線」や「サークル村」などの文学運動を起こしたように、いずれはこの地でもと考えていたのかもしれない。しかし文学はそれを読まぬ人や読む余裕のない人々にとっては、空腹を満たしてくれるものではない。ひたすらツルハシを握ってきた人とペンを握る人との間には、跨ぐことはできても埋めることのできない溝が横たわっていた。

と、こう書いてきてふと思った。父は己の文学の限界などとっくに知っていたのではないか。自分が「先生」でしかないことなど、遙か昔に自覚していたのではないか。だから苦しんでいたのだ。それゆえ自分を地の底へ叩き落とそうと、自らを追いつめ続けていたのではと。父が筑豊でしばしば見せた苦渋の表情と、晩年に沖縄で見せていた朗らかなそれとの違いの元は、こういうところにあるのかもしれないと思う。

酒に酔って母にからむ姿が嫌いだった。立ち居振舞いやものの言い方への厳しい目がうっとうしかった。でもあなたも悲しかったんだね父さん、ということに愚鈍な息子はいまごろ気が付く。間もなく十三回忌。

三人姉妹

母が亡くなって以降、時折私の知らない差出人名の手紙が届くようになった。封を切ってみればいずれも母が通った旧制福岡高等女学校の同窓の人。若い日を共に過ごした畑晴子を懐かしみ、その死を悼んだ懇ろな文面である。女学校の制服姿の母の写真をアルバムからはがして送ってくださった人や、卒業後に女優となって今日までの自伝を出版、「晴子さんに最初に読んでほしかった」とできたての本を献じてくださった人もある。

母もたまには気ままな旅行でもする時間があれば、古い友人と旧交を温めることもできただろう。同窓会に顔を出すことでもあれば、かくも長きご無沙汰にはならなかっただろう。しかし母のすべての時間と体力は夫と文庫のために費やされ、自分の友人とのために使える余裕はなかった。そんな母を私は哀れに思いながら見ていたのだが、こうやって晴子のことを懐かしい友として書かれた手紙を読めば、孤独に見えた母もやはりみんなの中に生きていたんだと、少しばかりほっとするのである。

父が元気でいたころは、夫を媒体としない母個人のつき合いというものは皆無といってよく、すべてが夫英信を通じての知り合いであった。古くからの自分の友と交流するのを父が禁じたわけではないのだが、母のほうが自己規制していたような気がする。すべてを捨ててこの人と共に進むという若き日の決意が、母の心に後々まで影響を与えていたのかもしれない。しかしなかには父を抜きにして母のほうと親しくなってしまった人もあり、これが母の身近な親友と呼べる人たちであろう。

母が最後に入院していたとき、見舞いにと言ってくださるほとんどの人を断った。これは人に会えばそれだけ疲れるし、残りわずかな時間を静かに過ごしたいという母の望みに従ったもので、せっかくの好意を無にしたかと申し訳なく思うのだが、病床にありながらも無意識のうちに「接客病」が出て疲れ果てる母のことを考えれば、私一人が「無礼な息子だ」と思われていればすむことだ。そんな中、母のほうから会いたいという人があった。千田愛子さんと森崎和江さんである。

愛子さんは版画家の故・千田梅二さんの奥さんで、父がまだ独身で遠賀郡の日炭高松炭鉱にいたときからこの夫妻と親交があったので、母にとっては夫を通じて知り得た最初の友ということになる。上野英信・千田梅二の二人は、ガリ版刷りの文章と手彩色版画の『ひとくわぼり』や『せんぷりせんじが笑った!』などの一連の「えばなし」を作った仲間で、梅二さんのほうが少し年上だったが、共に労働者の芸術を掲げた同志として固い友情に結ばれていた。

愛子さんと私の母とは小柄で丸顔が共通点、夫がいずれも気むずかしいというところも似て気が合ったのか、芸術家コンビ以上の仲の良さだった。千田夫妻が鞍手に住んでおられたころ、天気の良い日はゆらゆらと自転車をこいで我が家にこられ、「千田がね」「上野がね」とそれぞれが抱える大きな幼児の話に笑ったり慰め合ったりする親友だった。非常に聡明でありながらその才気を表に見せず、言葉の端に生地函館のアクセントを少し残していつまでも暖かで清らかな愛子さんを、母は深く尊敬していたのだった。

その後夫妻は東京の娘さんの近くに移られ、一九九七年早春には思いもかけず夫の梅二さんを亡くされた愛子さんだったが、会いたいという願いが届いたのかリウマチの体をおして来福し、ホスピスの母を訪うて下さった。手を取りあいながら二人は語り合い紅茶を飲んで、それが別れとなった。母の最後の、幸せなティータイムだった。

もう一人の会いたかった人、森崎和江さんについてはあらためて紹介するまでもないだろう。『まっくら』『からゆきさん』などの著者であるが、母にとってはそれ以前からの大切な大切な人。和江さんは母より一つ若いので、千田愛子さんを含め母を真ん中にした三人姉妹というところだ。和江さんに初めて会ったときの鮮烈な印象を母は『キジバトの記』に書き残しているが、「こんな美しい人がこの世にいるのか、と思ったよ」と私にもよく語り聞かせた。「サークル村」の一年間、中間市でひとつ屋根の下に暮らした和江さんと母とは、その後離れて暮らすようになっても、心はいつもそばにある生涯の友だった。

その和江さんはホスピスにこられることはなかった。車なら四〇分ほどのところに住んでおられたのだが、晴子の最後の時間を奪うまいと一度もこられなかった。

「和江さん偉い！　あたしのこと、本当にわかってくださってる」と母は喜び、「見てごらんなさい、一回も来られないでしょ。これが友情よ」と私に戒めたのだった。

和江さんと母との間には、いつか生まれ変わってからの約束がある。しかし私はそれを書かない。ただ、ふたりの夢が叶いますように、と空を見ている。

恋のアカマツ

九州自動車道を東へ走り関門橋を渡るとそこは長州、父の生まれた国だ。最近山口へ行くには高速道路か新幹線を利用するというのがほとんどで、関門トンネルをくぐって下関駅、乗り継ぎの合間にホームで一休みということはなくなってしまった。昔、父は母と私を伴って里帰りする際、下関駅のホームの売店ですぼ巻きの蒲鉾を食べ牛乳を飲みながら、「ここはほんとは馬関《ばかん》といったのだ」と講釈をたれるのが習慣だった。確かに山口の蒲鉾やちくわは美味いが、牛乳が体に合わなかったはずの父がなぜ平気で牛乳を飲んでいたのか、いま思えば不思議なことだ。非常に身勝手な消化器を持つ人だったから、馬関の牛乳なら良かったのかもしれない。

根を詰めて原稿を書き歯槽膿漏が悪化して、父の言う「歯が浮いた」状態になったときでも、豆腐が固いと文句をつけながら肉は平気で食べていた人だ。「繊維のあるものはぼくは一切食えん」と言う父に、母は「豆腐のどこに繊維がありますか、肉のほうこそ繊維だらけでしょうが」と怒っていたが、同様にそれがもし九州から運ばれた牛乳であったとしても、馬関で飲めば腹も下さなかったのだろう。

不条理な牛乳を飲み干し山陽線に乗って小郡へ向かうと、列車は次第に海岸線を離れて山間部を走るようになる。中国山地の西のはずれだ。外を眺めていた父が「おお」と声を上げ「アカマツだ。やっぱりアカマツはいいなあ」と車窓を過ぎゆく、松の多い山に目を細めている。

筑豊文庫の庭に父はたくさんの木を植え、その中にはひねた松の木も一本あったのだが、九州北部がほとんどそうであるように我が家の松も黒松だった。このあたりがアカマツに適した気候で、大きく育てられるだけの広さがあれば、父はアカマツを選んだかもしれないと思う。父が機嫌の良いときに口にした歌で、石川啄木の短歌「やはらかに柳あをめる北上の岸辺目に見ゆ泣けとごとくに」に曲をつけたものがある。それが正しい節かどうかは怪しいが、それが三十一文字でありさえすれば、『万葉集』であろうが『サラダ記念日』であろうがなんでも載せることのできる便利な曲だ。この歌の末尾を父はまるで尾長鶏の鳴き比べのように引っ張り伸ばして歌った。そんなとき父の瞼の裏には、柳の代わりにアカマツが揺れていたのではなかろうか。

人の心の奥底に「故郷」として書き込まれるものにはどんなものがあるだろう。言葉、食べ物、山の形、そのほか他人から見ればどうでもいいようなもの。私自身は数年前に中国西北の新疆を旅したときにその植生の違いに目を奪われたものだ。樹木がこんなに感動を与えてくれるものとはそのときまで知らずにいた。そして父にとってのアカマツも、故郷の象徴の一つだったのかもしれないと思ったものだ。

「京都にいたころは嵐山に行って、リュックいっぱい松茸をとってきて食っておった。食うものといえばそれしかなかったのだ」と父は得意げに私たちに聞かせた。父の京都大学時代の話といえばこの山のような松茸と、授業に出ないで詩作に没頭していたことくらいしか聞かなかったが、死後その経歴をあらためて辿り京大での恋人のことなどをある程度知るようになって、京都の恋と松茸と、嵐山とアカマツとが一本の線で結ばれた。そしてなるほどアカマツは父にとっては故郷の象徴というだけでなく、青春の記念樹でもあったのかと、ひとり私は納得したのである。

女人晴子

テレビの暇つぶし番組や週刊誌では、相も変わらぬ芸能人のゴシップだ。誰と誰がくっつこうが離れようが構ったことか、スキャンダルがなくても腹は減らない、と私は思うのだが、腹が減る人もいるのであろう。

作家の中にもそういった浮き名を流す人もあるようだが、父英信は下ネタ大好きの割には艶っぽい話に縁がなかった。いや実は色恋沙汰の大家で、母と私が知らなかっただけなのかもしれないが、少なくとも晴子の夫となり、私の父となってからはそういう噂は聞かなかった。ごくまれに女性のほうが暴走して父にぶつかり、『キジバトの記』にあるように「彼女たちは結局英信を傷つけ私を傷つけ自分を傷つけて去って行った」こともあったが、ひとことで言えばこれは女性の自損事故で、父と母の間に波風が立つようなことはなかった。

父は自分で「ぼくはなかなかもてたのだ」と、母や私にぬけぬけと語って聞かせた。曰く、日炭高松時代にいつもぼくを見つめている看護婦さんがいたのだが、想いが高じて自殺まで企てた。

幸い未遂に終わったが、そんなに想っているのなら言ってくれればなんとかしたのに、と。「なんとかするって、なにをするのよ」と母は笑う。

また曰く、崎戸炭鉱のときは遊廓の一人娘に惚れられて、そこのおやじから是非婿になってやってくれと申し込まれたのだ、と。「その遊廓によっぽど通ってたんだろ」というのが母と私の解釈だった。

確かに父は長身で、腕力もあれば頭も切れる。異性を惹きつける要素はいくらもある。看護婦さんと遊廓以外にも、たくさんのロマンスもあり危ない橋も渡ったようだが、それほど女性に囲まれていた英信さんが、どうしてあたしに結婚しようなんて言ったのかしらというのが母の疑問だった。この丸顔の小さな女が最後まで自分に食いついてくるとは、わがままな自分の要求を受け止めてくれるとは、これだけ信頼できる女であるとは、先を見通すことに長けていた父にも予想はつかなかったと思うのだが。

「結局あのとき、英信さんはたまたま女日照りだったのよね」。これが母の出した答えだった。自損事故以外には色恋のもめ事のなかった両親であるが、父が操正しき清廉潔白居士であったからではなく、また逆に母が監視の目を光らせて父の周りから女性を排除したのでもない。それどころか母はこう言ったものだ。

「英信さんと暮らしてやろうっていう女性が出てきたら、あたしはいつでも退いてあげるのに」

また「しきりに不倫って言うけど、そもそもなにが『倫』なのよ。男と女の間に『倫』なんてあるのかしらね。英信さんになにがあったって、あたしはちっともびっくりはしないわよ」とも言ったほどで、父への余計な嫉妬心などは見せなかった。

文学者の狂気を母は知っていたのだと思う。どこか狂ったところがないと、文学なんてできないでしょうというのが母の持論で、文学者は世間のしがらみとか家庭の秩序とか夫婦としての枠とか、普通の人の心に待ったをかけるような諸々のものを平気で飛び越えてゆくものだ。そして飛び越えたことすら気付かないそんな種族よ、と喝破した。おまけに我が夫は、よりまして報いの少ない記録文学者だ。人より狂いが大きくても不思議はない。母は「英信さんはなにかがあっても必ず私のところに戻ってくる人」とは言わなかった。常識で測れない人に期待しても無駄である。また「あの人には自分が必要だ」とも言わなかった。英信という人は自分に必要でないものは非情ともいえる潔さで切り捨てることを承知していたからであり、今は晴子が必要であっても明日になればわからない。

かといって母がただひたすら夫に付き従い、翻弄される存在に甘んじていたとは思わない。いつでも退いてあげる、と言ったあとに「もしあたしの代わりが務まるものなら、誰でもやってごらんなさい。三日間もったら大したものよ」と続けた口調と表情に、私は母のなみなみならぬ自信と覚悟を見た。結婚後しばらくして「この人を常識の物差しで測ることの無意味さ」を悟ったとき、色恋のことばかりではなく、自分が生きていく上でなにが大切なのかということも含めて、母も文学者の一味になってしまったのではないだろうか。

結婚の翌日に父が母を郷里の山口へ伴おうとしたとき、まだ見ぬ夫の肉親に会うことに気後れして「枕が変わると眠れないから」と尻込みすると、父は憤然として言ったそうだ。

「ぼくは地獄の底でもあなたと寝る。枕が変わったくらいなんですか!」

その剣幕に驚いた母が「お怒りになったんですか?」と聞くと「はい、怒りました!」と父が答えたという今思えばなんだか可愛らしい問答を思い出すたびに母は笑った。地獄の底でもとはいかにも父の言いそうなことだが、後年の二人を見ていると、この人と共に地獄までと覚悟を決めたのは、むしろ母のほうだったように思える。

いつか岡部伊都子さんがその文中に「女人晴子ひとり立ち……」と書かれ、母は「まあた岡部さんがこんなに美しく書いたりなさって」と恥ずかしがったが、やはり晴子は英信という烈風にあるときはよろめきあるときは泣きながらも、最後まで己の足で立ち続けた女人だったと、私も思っている。

鳥獣史

私たちが筑豊文庫に住んでいた三十二年の間に飼った動物は何種類、何匹くらいに上るだろう。人間の数ばかり多かったように思えるこの家だが、犬や猫をはじめとしてほとんどいつもなにか動物が一緒に暮らしていた。

一番初めに我が家に加わったのは鶏だった。当時近所でも鶏を飼っていた家が多く、毎日産んでくれる卵は貴重な栄養源だった。父もそれを期待して家の外壁を利用した鶏小屋を作り、五羽の雛を譲り受けてきて育てていたが、少し大きくなってみればみな鶏冠が発達して立派なおんどりになってしまった。このおんどりたちは揃ってすさまじい食欲で配合飼料を食いまくり、たまにミミズでも一匹小屋に放り込んでやろうものなら奪い合いの乱闘が始まった。その食欲と行儀の悪さに、母は五羽まとめて「学生」という名を付けた。学生キャラバン華やかなりしころである。さらにこの学生共は競い合って家の土壁をつつき大穴をあけてしまったので全員退学、みな肉になってしまった。

その後もチャボのつがいや、どこから流れてきたのか、父が作った垣根にはまりこんで動けなくなっていた年とっためんどりを飼ったこともある。チャボの夫婦はとても仲睦まじく見ていてほほえましかったが、請われて他家へ移っていった。年とっためんどりはほどなく生卵の味を覚えて、自分が産んだ卵を即座に食べてしまうようになったのでこれも肉になった。

朝がきた餌をくれ卵を産んだ卵を食った、といちいちうるさい鶏に比べると魚は静かだ。よそから生きた鯉や鮒などをもらい、後日食べようと生かしているうちになんとなくかわいそうになってそのまま飼うようになった魚たちは、父が餌を与える前に叩く手の音を覚えた。といっても宰相の広大な庭園の池ではなく、土に埋め込んだ土管の底から黒いやつがじんわりと浮かび上がってくるのであまり見栄えは良くなかった。

猫は延べ何匹飼っただろうか。筑豊文庫にシャムやペルシャなどの銘柄品がいるわけはない。いずれもどこからかやってきて勝手に居着いてしまった雑種ばかりで、一匹が行方不明になるか死ぬかするとほどなく別の一匹が住み着くといった具合だった。ネズミの多い家だったので、猫のほうが引き寄せられたのかもしれない。

余計な音を立てない猫は執筆中の父の書斎に入ることを許されていて、冬には父が作った掘り炬燵の中で眠り込み、練炭の一酸化炭素でふらつきながら這い出してくることもあったが、人払いをして原稿用紙に向かう父であったから、その執筆の姿を見ることができたのは歴代の猫だけであった。

父が特にかわいがったのが一羽のカナリヤである。どこからもらったものか忘れてしまったが、このよく歌うオレンジ色の小鳥は父の寵愛を受けた。父はこの鳥にキャナリーという安直な名を付け、書斎の次の間を鳥籠の定位置と決めた。そして原稿に疲れるとペンを休めて鳥籠をのぞき込み、「キャナリー、チュンチュン!」と話しかけるのだった。

「雀じゃあるまいし、チュンチュンはないだろう」と母と私は笑ったが、口笛の苦手な父はほかに言いようがなかったのかもしれない。ときには籠を開けて書斎の中を自由に飛び回らせ、再び籠に戻そうと「キャナリー、おいで! チュンチュン」と追い回す姿は、とても人には見せられなかった。炭坑のガス検知用にカナリヤが使われていたというが、父も同じ地底の友として特別な親近感があったのかもしれない。しかしあの絶え間ないピースの煙の中で、キャナリーはよく歌を忘れなかったものだと感心する。

父にとっての最後のペットは犬であった。作家の深田俊祐さんの家に生まれた数匹の中の一匹で、我が家にきたときはまだ手のひらに載るくらいの雌の仔犬だった。持参金として洋酒が一本付いていたので、父の最初のお目当てはこちらのほうであったかもしれない。実際この新しい家族を人に紹介するときには、持参金の話を忘れなかった。

しかしこの犬は賢くおとなしく、散歩好きの父の良い伴侶となって、山にわらびを採りに行くときや千田家へ一杯やりに行くときにはいつも父に連れ添っていた。父が亡くなって三年ほどでこの犬も飼い主の後を追い、椿の下に眠っている。

こうやって思い出してみると、我が家ではずいぶん多くの小動物を飼い、父がまたそれをかわいがったものだ。母や私にはあんなにやかましい人だったのに、人間以外には優しかった。いや逆に、人間以外のものが父に優しかったのか。女房は夫にくちごたえをするし息子は父親に不愛想だ。安らぐ相手は物言わぬ動物しかいなかったのかもしれない。

私たちの胃袋に入ってしまった鶏は別として、それ以外の父の友人たちはみな、父が愛した庭のそこかしこで静かな眠りについている。

絵描きになりたかった物書き

縦三三センチ横一四センチの縦長の粗末な更紙に水彩で描かれた鉢植えの桜草。花の色は紅と濃淡の桃色が混じって鉢は薄い藍色。鉢の下には小石原焼きのとびがんなの白っぽい皿が描かれ、バックの大部分を占めるのは鉢よりやや濃い藍色である。

絵の裏面にはやはり藍色で「朱生誕　一九五六・十二月二十六日」という父の字があり、それを「二十五日」と訂正してあるので実際に父がこの絵を描いたのは十二月二十六日だろう。前夜十一時を過ぎて生まれた赤児にすでに名が付いているところをみると、以前から名前は決めていたものと思われる。私がこの世の空気を吸うようになってまだ数時間のころの父の作品である。体の弱い妻は下手をすると出産で死ぬかもしれない、原爆症の自分に無事に子どもができるかどうかもわからない。そんな不安が消え去ったという幸福感の中で父は絵筆をとったのだろう。絵の隅には壁にでも貼っていたのか押しピンの跡が残り、端の一部は破れて欠けているが母が大切にしていた、そして私にとっても宝物の絵である。

「ぼくは本当は絵描きになりたかった」と言っていた父は、建国大学時代に徒歩でユーラシア大陸を横断してパリまで旅する計画を立てていたという。戦争が激しくなり父も兵隊にとられたので夢は叶わなかったが、実現していれば花の都で画家となっていたかもしれない。そうすれば焼酎をあおる作家上野英信は存在せず、ワインを傾ける画家エイノシン・ウエノがいたわけだ。しかしいずれにしても気性の激しい画家だろう。

絵描きになりそこなった父の絵は桜草のほかにも数枚残っている。いずれも粗末な紙に描かれた水彩画だが、日炭高松炭鉱時代の機関誌「地下戦線」に発表した小説「あひるのうた」の舞台はここであろうと思われる農家の庭先を描いたもの、高台から見下ろした畑の絵、ほかにも老婆や少年などの鉛筆デッサンもある。まだたくさんあったのだろうと思うが、度重なる引っ越しの際に紛失したか処分したかで、あとは見つかっていない。

版画は二点のみ。坑内から上がってきた坑夫が出迎えの家族にタバコの火を点けてもらっている場面と、ボタ拾いをする二人の女性である。これは父が版木を保存していて時折刷って人にあげたり、父の本の表紙として使われたこともあるので目にした人もあるだろう。

長身の坑夫の切れ長の目と大きな掌を見ると、これは父の自画像かもしれないと思う。母と一緒になる前後の作品なので、こういう家族になりたいという夢の中に自分の像を置いたのかもしれない。もう一枚のボタ拾いの図では一人の女性は俯いているので顔はわからないが、もう一方は目線をあげてこの版画の鑑賞者を見据えているようだ。以前母がこれにはモデルがいるのかと尋ねたとき、父は「きみに決まっとろうが。こんな恨めしそうな目でぼくを睨むのはきみしかおらん」と答えたものだ。確かに母に似たところのあるその女は、今日も版画の中からじっとこちらを見ている。

モデルとして使われた母自身は絵はさっぱりだった。他人の絵を鑑賞はするし「あたしはこれが好き」という絵もあったが、いざ自分で描くとなるとまるでだめで、なにかを説明するための図というようなものまで苦手にしていた。父の代理で手紙を書くことが多かった母の文字はよく褒め言葉をいただいたものだが、不得手なものはどうしようもない。

私もまた母に似たのか絵が苦手で、小学校時代の図画の宿題は気が重かった。いくら一所懸命に描いたつもりでも父にぼろくそに言われるのだ。未熟な者を指導するのにその良いところを褒めて伸ばす方法と欠点を矯正してゆく方法とがあるが、父は後者の典型だった。構図が悪い、人物のデッサンがなっていない、動きがない、何を表現したいのかわからん、果ては絵に思想がない、とこき下ろす。指導というより欠点を指弾して叩き潰すというほうが当たっているだろう。その容赦のなさに、ひよわな小学生だった私はいつしか父には絵を見せなくなった。油絵を描いてみないかと父の友人だった画家の寺田健一郎さんから道具一式を頂いたこともあったが、父に見られるのがいやでいつまでも描かずにいるうちに寺田さんは亡くなってしまわれ、申し訳ないことをしたと思っている。

良いところを見つけて褒めるなどということを、父に期待するのがそもそも間違っていたのだろう。上野英信という人はなにかにつけ「全力の人」で、褒めるもけなすも書くも飲むも、すべてに全力を尽くした。ほんのひとときの私の子どもの守りを頼んだときでも、もう汗みどろになって相手をして自分の方がへとへとになっていたくらいだ。手加減ということのない父であったから、私の絵も案外全力を挙げて誠実にこき下ろしてくれていたのかもしれぬ。恨んではいけない。

絵心と庭作りはやはり共通するものがあるのだろう、樹木の配置や剪定にも父はなかなかの腕前を発揮した。煤竹を利用してしおり戸もどきのものまで作った。筑豊文庫の玄関と反対側、父が時折くつろいで眺める庭の木の脇に大きなボタの塊を据え、その根締めには山から掘ってきた石蕗《つわぶき》を、木が重なって陰になる場所にはやぶこうじが小さな赤い実をつけていた。父と一緒になるまでは庭は庭師、家の修理は大工さんがしてくれるものと思い込んでいた母は、なんでも自分でやってのける夫に驚いてしまったという。

周囲の炭住がコンクリートの町営住宅に建て替わるとき、父は何本もの樹木を譲り受けて庭に植えた。炭住の取り壊しと整地の際には皆が育てていた樹木も切られてしまうのだが、その前に「上野先生は木が好いとんしゃあけん、いらんやろか」と声がかかるのである。「ちょっと左へ倒して、少しだけ右へ回して」と縁側から親方である父の指示が飛ぶ。私は植木屋の弟子だった。

こうしてもともと木の多い我が家の庭はさらに藪が深くなった。

父はテレビの園芸の時間を欠かさず見て、そこで学んだことをまたよく覚えていた。そして父が脚立に上って鋸や鋏を使うと、木々はなんとも良い形に仕上がるのだった。その巧さの秘密は第一にもって生まれたセンスの良さ、そして庭仕事がなにより好きだったからだろう。原稿の中休みや飲み過ぎた酒を醒ますために草を取り、また女房と喧嘩をしたときも庭へ出て枝を切り、書き崩しの原稿や山のようなピースの吸い殻を焚き付けにして落ち葉を燃す。これだけ愛情を注げば樹木もそれに応えてくれよう。

食道癌の治療で三ヶ月父が入院したとき、母と私は交代で福岡市内の病院へ付き添いに通い、その間に庭は荒れた。といっても多少草が増え初夏に入って伸びた枝で樹形が乱れ始めた程度だったが、退院してきた父は「草が伸び放題の庭を見るのはぼくには死ぬよりつらい！」と、猛り狂って剪定や草取りに打ち込んだ。しかし母の心労を間近に見ていた人には「晴子奥さんがあれだけ心配しよんしゃったとに、あんな言いぐさがあるもんか」と不評だった。

小さな庭をそれほど愛した父が亡くなった後その手入れは私の役目になったが、どうしても父のようにはうまくはいかない。以前、剪定はどうすればそんなにうまくゆくのかと父に尋ねたことがあったが「なに、適当さ」という答えで、絵心があり木の気持ちがわかるような人と、私のように芸術的センスのない人間とは根本的にどこかが違う。

父が愛でた八重咲きの椿の剪定に私は失敗し、伸び過ぎたブロッコリーか骨付きチキンスティックのような変な形になってしまった。私は故人に申し訳ないと後悔したが、その妙に繁った葉の具合が気に入ったのか、キジバトがやってきて巣をかけてしまった。キジバトを追い出してでも樹形を修整するべきか、その安らかな暮らしをそっと見守るべきか、父と母のどちらに義理を立てるかで頭を悩ませるこのごろである。

次の世には

「今頃から始めようったって、そんなにおいそれとはいくものですか。長い間の積み重ねがあって初めてできるんですからねっ！」

父から短歌を禁じられたことを悔やむ母に、今からでも再開すればと言ったときの返事だ。母自身、自分の歌の力が衰えたことは知っていたのだと思う。常に歌を作って他人の批評を仰ぎ、批判されたり批判したりする中で磨いていなければなまってしまうということ、そして自分の感性も表現力もすでに錆びついているという自覚。私に怒っても仕方がないのだが、誰かに投げつけなければいられなかったのだろう。

死の前に母は数冊の短歌ノートを私に託した。活字にするも良ししないも良し、万事久保田さんと相談しなさいと。久保田さんとは母の最も古い短歌の仲間である。私は彼女に見せるために母の歌をワープロで打ち直したが、作業をしながら正直なところがっかりした。一千首を越す歌の中にはたまにはまともなものもあるが、ほとんどが嘆き歌かゆうべの犬の糞が庭で乾いているというようなどうでもいい風景描写で、『キジバトの記』に見られるような澄んだ観察眼やユーモアは感じられない。私は短歌は全くわからず、母が以前自分は「形成」に属していたと言ったのを、それは「傾城」と書くのかと尋ねて馬鹿にされたくらいだが、母のこれは短歌ではなく日記だと思ったものだ。なまなましいだけでそこに昇華がなくては作品として世に出すわけにはいかないだろう。旧友久保田さんの見方も同じようなもので「これはこのままにしておきましょう」と言われ、私も同意した。

かくして母の歌集は幻となったが、これで良かったと思う。本人が錆びたと思っているような歌を人目にさらすことはない。もし自信があるのなら父が亡くなってから十年の間に母は自分で歌集を出しただろう。久保田さんと私にあとを託したのは、自分の手で処分するのにちょっと未練があったからではないかと推測している。

だが母はその感性も表現力も死に絶えてはいなかったということを『キジバトの記』によって証明できたと思う。文章と短歌という違いはあるが、母らしいものを残すことができたわけだし、逆に父の方は同じ文章という武器を手にしてしまった女房に慌てていることだろう。

しかし今考えてみれば、あの母が夫から禁じられただけで短歌を捨ててしまうとも思えない。私が四十一年間見てきた、そして『キジバトの記』の行間から立ち現れる晴子という人は、いくら夫が強烈な人物であってもただ唯々諾々と付き従っているような妻ではなく、常に冷静な目で相手を観察し、隙があれば懐へ飛び込んでやろうと白刃を構えているような人間だ。夫からこう言われた、こうされたと被害者意識に溺れているだけの女でもない。結局母は夫の力量を認めその進む道に自分を重ねようと決めたとき、自らの意志で歌を封じたのだと私は思う。ただ晩年になって自分の表現方法を磨かなかったことが無念で、歌を封じる決断をした若き日の自分に思わず腹を立てたのではないだろうか。

短歌をやめろという父の言葉を拒否することもできたはずだ。父を捨てて歌を取ればよい。それくらいのことはできる女だ。そこで歌を捨てたのは、母自身がそう選択したのである。

「もしまた人間界に生まれたら、あたしはもう一度英信さんと一緒になろうと思うのよ。今度はうまくやってみせる。英信さんに文句なんて言わせないから！」

癌の末期、死を目前にしての言葉だ。夫婦としてのありようも、短歌も料理も接客も、母はきっとうまくやるだろう。ならば私ももう一度、この夫婦の子として生まれてみたい。

思い出の一冊

ある日、店番をしている私に客のお爺さんが話しかけてきた。

「いや、あんた。古本屋ちゅうても卑下するこたぁないばい」

ほう、そうですか。

「わしらのころは古本から結核がうつるとか言うとったが、このごろはどうしてどうして綺麗なもん！　新しい本屋と変わりゃあせん」

ありがとうございます。

かと思えば隣接する新刊屋さんと間違えて入ってきて中を見回してそれと気付き、「あっ、きたないほうだった！」という言葉を残して飛び出して行く中年女性があったりして、なかなか面白い。

また、処分したいからと持ち込まれた本を見ると、その人の考え方や人柄なりがなんとなくわかってしまうのが面白くもまた恐ろしいところだ。なんとか出世しようと懸命の人、思索に耽るのが好きそうな人、大日本帝国万歳で自分は生き残ると思っている人、夢見心地の人など、所有者の人となりが積み上げられた本からある程度窺うことができる。

本の扱いもそれぞれで、比較的新しいものでも埃や髪の毛だらけの読み捨てられたような本だったり、古びていても持ち主が本当に本が好きで大切に読んだことがわかるものもある。もし自分が古本屋に処分を頼みに行くとしたなら、そこらのことも考えておかなければいけないなと思ったりもする。

こんな目で両親の残した本を見ると、社会問題あり、私小説あり、中国文学ありで一体この人たちはどういう読書傾向であったのかよくわからなくなる。その理由は寄贈本が多いからだ。本の中には著者から贈られたものもあれば、誰かの蔵書をまるごと譲り受けたものも多数混じっている。自分で買い集めたものだけなら傾向も現れようが、父母の本棚からはっきりするのは交友関係だけだ。もっともさらにわからないのが岡村昭彦で、歴史地理科学産業詩歌文学音楽その他なんでもある。彼自身が大きな古本屋みたいな人だったから、これはもう論外だ。

そんな混沌とした蔵書を抱えていた父の元へ、岩波の「図書」の特集のためのアンケートだったと思うが「私の好きな岩波文庫」を推薦してほしいという依頼があった。父は母に「きみも選べ」と言い、二人でそれぞれ三冊ずつの候補を挙げたのだが、驚いたことには双方とも中勘助の『銀の匙』を筆頭に挙げていたのだった。父は「ほう、きみもか」と感心したように母を見、母も

「あら、おとうさんも」と嬉しそうに笑って、「あれはいいねえ」と二人仲良く『銀の匙』の思い出に浸っていた。

「波の音が悲しいんです」というような繊細な感覚を母が好きなのはわかる気もするが、父までがこれを第一位に推したのは少し意外だった。普段は「強い人」の顔に隠れて見えないが、こういう細やかな情のゆらめきみたいなものもどこかに持っているのかもしれない、と母との一致を喜んでいる姿を見ながら思ったものだ。

このときに母が『銀の匙』と並べて忘れ難い本として挙げたのは中島敦の『山月記』だった。これは岩波文庫ではなかったが若いころから何度も読み、年とってから読むとさらに良いと言った。母の書棚にはなぜか二冊もある本で私もこれは大変好きなのだが、先日店に「教科書で一部を読んだら全体が読みたくなって」と、高校生の男の子がこの『山月記』を買いに来た。

「うん、いい本を選びましたね」と私は嬉しくなって彼の選択を讃えた。自分が好きな本を買ってゆく人には親近感を覚えてしまう。そして嬉しさ紛れに値引きしたりするもので商売にはならない。

「読んでごらん、涙が出るぞ。子ども向けにこんな作品が書けたらなあ!」と父が絶賛したのは『わんぱく天使』だ。生き生きとしてそして哀しい少年の物語で、ブラジルの作家ヴァスコンセロスの作品。これは角川文庫で読んだと思うが、新刊でまだ出ているだろうか。書店になければ古本屋を探せばなんとかなるかもしれない。

両親が残した二千冊近くの蔵書は、一部屋を書庫にあてる余裕のない家にあっては場所をとる。しかし献辞のある本も多く、私の古本屋に並べて売ってしまうわけにもいかない。ひたすら読むしかないか。よもや結核にはなるまい。

白衣の天使

「きみにはぼくの看護婦になってほしかったのに」というのが結婚してから寝込んでばかりいる母に、父が嘆いた言葉だそうだ。原爆症でしばしば体調を崩し健康に不安のあった父としては、妻であると同時に自分の身体も支えてくれる人が理想だったのだろうが、少しばかり人選を誤ったようだ。あの母に物書きの妻と革命の同志と看護婦の役まで求めるのは、あまりにも欲張りというものだ。よしんば母が看護婦の役を務めようとしてもどうせ女房の言うことなど聞きはしないから、看護婦はいないのと同じことだ。

そんな父であったが本物の看護婦さんにはひどく遠慮した。いよいよ最期の入院の日々、自分が身動きできないような状態でもなにも頼まず、すべて母か私に言いつけた。横たわったままでの着替えや身体の清拭、用便の世話も、看護婦さんのほうがずっと上手なのだが頼まない。痩せてしまった父の身体を持ち上げるくらい私には造作もないことだったが、小柄な母には重労働だった。そしてその手際の悪さに父は苛立って「看護婦はもっと上手だ」と母をなじり、母は余計に消耗していった。

また「看護婦は忙しいのだ」という父はナースコールのボタンも押させなかった。「きみが行け」と言う。ボタンひとつで呼びつけたりしては失礼だと思っていたのか。母と私は詰め所までの廊下を何回行き来したことだろう。

こんな父を看取った母だったが、いざ自分が入院したときには夫によく似て、看護婦さんに対して遠慮のかたまりだった。私がドアを開けるのを待ち構えていたように、毛布を掛けろブラインドを下げろ冷房を弱くしろと矢継ぎ早に要求する。それくらい頼めよと言えば「だって忙しそうだもの」。じゃあぼくがこなかったらどうするつもりだと聞くと「我慢する」と。馬鹿か、と私は言ったがこの夫婦の性分はどうしようもなかった。

しかし実際看護婦という仕事は大変だ。母は「ちょっと待って」「忙しいからあとで」が看護婦さんの決まり文句だと言ったが、少人数で多くのベッドを受け持っていれば息をつく暇もないだろう。なのに白衣の天使と呼ばれ、いつも優しく接してもらえるものと患者も家族も期待し甘える。

正直言って私は白衣の天使という言葉が好きではない。父と母に付き添って計五ケ所の病院を経験したが、そこで働く看護婦さんたちは天使のようにのどかではなく「白衣の労働者」で、それも重労働だった。父も母もそれがわかっていたから彼女たちの仕事を増やすまいと家族を使ったのだろう。天使などと思って甘えてはいけないと。また、使っても減らない家族は目一杯使うものだというのは我が家の伝統でもある。ただ父は少し度が過ぎてはいたが、それでも労働者としての彼女たちに精一杯の礼儀を尽くしたのであろう。

看護婦さんの印象が鮮烈だったのは、母が最期の時を過ごしたホスピスだ。入院の日、案内された個室で母と私が荷物を整理しているところに担当の看護婦さんが挨拶をしにこられたが、そのほかの看護婦さんも次々やってきては「なんでも言ってください」とか「あとでお話しさせてくださいね」と、まるで親しい人の来訪を待っていてくれたかのような歓迎で、母と二人で驚いてしまった。

そしてその最初の印象の通り、彼女たちは母に優しかった。足繁く母の部屋を訪れては話し相手になり、病人としてだけでなく晴子という一個の人間と誠実に向き合いその背負ってきた人生まで受け止めようとしてくれた。また自分が抱える悩みや迷いまで母に話してくれた人もある。それまでに経験した病院の、走り回っている看護婦さんを見てきた母や私にはこういう対応が嬉しく、「でもこんなに話し込んでていいの」と逆に心配になるくらいであった。このホスピスでやっと母の中の「自分は患者、彼女たちは医療者」という垣根は取り払われて、本当に安心して身を預けることができたと思う。

しかしほとんどの病院では看護婦数も少ないので、ここのような患者への対応を望むのは無理というものだろう。また人数的にはいくらか余裕のあるホスピスでも、入ってくるのは死を目前にした患者とその家族だ。健康を取り戻して退院してゆく人を見送る喜びは彼女たちにはない。命の瀬戸際に立たされた人の心を受け止めるなど、とても私にはできないと思ったものだが、それをうら若い彼女たちがやっている。驚くべきことだ。

母が最期の場所としてホスピスを選択したのは、私に看護というものを見せたかったのかもしれない。「管護」や「監護」ではなく看護《みまも》るとはどういうことか、と。このことをもう少し早くに知っていれば、両親をもっと暖かく送ることができたのではと残念でならない。母は看護婦にはなれなかったが、せめて息子がそのまねごとでもできたかもしれなかった。「墓に衣は掛けられん」、冷淡だった息子は今日も自分に呟いている。

名付けの楽しみ

本を書く人の中で、まずテーマと題名を決めて書き始める人と、自分の中のテーマに沿って書き最後に題名を考える人と、どちらが多いのだろうか。

父英信はこのどちらになるのか、判断に迷う。というのも『追われゆく坑夫たち』のような書き下ろしであれば最後に題名をつけるし、『廃鉱譜』のように雑誌連載の場合には最初から題名は決まっていて、単行本になるときもすんなりそのままの題名になる。かと思えば「われら棄国の民」として連載したものを『出ニッポン記』という名で出版したりするのでややこしい。

最初に題名を考えたことがはっきりしているのは『写真万葉録・筑豊』だ。福岡の葦書房から筑豊の記録写真集の監修をという話があったとき、父はすぐに承諾した。炭鉱を文字で伝えることの限界を感じていたようにも思うし、またそれまでに撮影された有名無名の写真が、土門拳さんの『筑豊のこどもたち』や本橋成一さんの『炭鉱《ヤマ》』など一部を除いて埋もれたままになっていることが気にかかってもいたのだろう。

さてまず全十巻を通して柱となる題名を考えなくてはならない。

「一般公募だ。採用者には金一封」。例によって父は言った。それはこれまでにも何度もあったことだが、家族や友人に案を出させるのである。我が家の居間には横幅二メートルほどの黒板がかかっていて、出された案をそこに書き並べる。もちろん父自身の案も書き付ける。そうやってたくさんの案を出させておいて片端却下し結局は自分で決めてしまうというのが恒例で、だから金一封を手にした人はただの一人もいなかった。

今回も平凡なものから突飛なものまで様々な案が出される中、父はギリシャ神話からプロメテウスを連れてきた。人間に火を与えて罰せられた神、プロメテウスだ。

「タイトルは『プロメテウスの火』、これに決まりだ。これ以上のものはない」

父はそれまでに私たちが挙げた候補を全部滅ぼして、黒板にプロメテウスを大書した。そして「なあきみ、いいだろうが」と母に尋ね、母が同意すれば父も満足するのだった。もっとも母が反対したところで反対意見そのものを却下してしまうのだから、尋ねても尋ねなくても結果は一緒であって、まあちょっと夫婦の間の挨拶といった程度のものだ。そして母も私もこれでやっと決定したものと思っていた。

ところがそのうちにプロメテウスもさっさとどこかへ行った。曰く「ギリシャ神話を知らぬ人にとってはなんのことやらわからんぞ」。そして最終的にはやっぱり父が考えた『写真万葉録・筑豊』に落ち着いたのだった。このあと十巻それぞれのタイトルも考え、それに沿って写真を選びながら編集していったのだが、公募から決定までの手順は同じで誰も金一封を手にすることはできなかった。

『写真万葉録』についてはこのような具合だったが、とにかくタイトルが先であれ内容が先であれ、父は名前を付けるということを楽しんでいたように思う。このタイトルのもとに仕事を進めてゆくぞという決意、もしくはそれまでの苦労を締めくくる喜び、その喜びと楽しみを皆で分ち合おうとしていたのだと私は善意に解釈してやっている。また結局却下されるとわかっていてもそれを承知で私たちも楽しんでいたのも事実だ。

また父は知人のところに生まれる子どもに名前を付けてくれと頼まれることがあり、このときも黒板に書いて一所懸命に考えていた。自分の本なら少々失敗しても構わないが、人様の子どもとなるとそうはいかない。画数などを気にする父ではなかったが、文学的で美しくかつ意味の深い名前を、と必死だった。父が名付けた当時の赤ちゃんも、今では少なくとも青年期以上だろう。上野英信の命名だと知っている人はいるだろうか。

「まあ、おとうさんたらあつかましい。頼まれもしないのに自分がつけるつもりでいたのね」

と母の顰蹙《ひんしゅく》を買ったが、父は初孫の名前も狙っていたようだ。

私に最初の子どもが生まれて一週間目、私は妻と決めた名前を両親のところへ告げに行った。

父はちょうど来客と酒を飲んでいるところだったが、私が黒板に向かって「民記」と書き、読みは原爆詩人の原民喜さんに、字は民衆を記録し続けたこの子の祖父に因み、と言って振り返ると父が泣いていた。

「いや、その『記』を使ってくるとは思わなかった。いやあこれは参った」と涙を拭いながら、「しかしきみたちにこんな文学的センスが残っておったとは思わなかった」と余計なことを付け加えるのを忘れなかったのはいかにも父らしい。そしてひとしきり「民記か、いい名前だ」と繰り返したあと、「実はおとうさんも名付けを頼まれたときのために用意はしていたのだがもういい。民記には勝てん」と白状して全面的に降伏した。

私の案が父から却下されなかったのは、ただこの一回きりである。

看板を下ろす日

ある朝私が店に行ったところ、シャッターの前に畳よりも大きなものが立てかけてある。私の店の看板だ。隣接する郊外型書店との境のフェンスに取り付けてあったのだが、少し強い風が吹いた前夜のうちに隣の駐車場に倒れ込んだものらしかった。幸い夜中で車も停まっていなかったので被害を出さずに済んだが、わざわざ運んできてくれた書店の店長さんに私はお詫びとお礼を述べに行った。それにしてもこの看板が落ちるのはこれで二度目だ。私の店の行く末を暗示しているのか、いい加減に看板を下ろせという天の声かも、と思ったりしている。

筑豊文庫の看板を外したのは取り壊しの何日前のことだったろう。

厚さ三センチ弱、長さ一二〇センチ幅二七センチの一枚板に「筑豊文庫」と墨で書かれたこの文字は、九州大学教授だった故・正田誠一先生の筆によるものだ。石炭問題の専門家だった正田先生は筑豊に飛び込んだ父の活動を当初から支援し、多くの助力をくださっていた。私たちがここに居を定めてからも、なにかあるごとに行き来して教えを乞うていた父の姿が記憶にある。母が書き記しているように、この地の炭坑の組合長であった野上吉哉さんと正田先生のおかげで筑豊文庫は生まれ、その後も存続していたのだった。真新しい看板の下で手を取りあって祝福しあう三人の写真が残っている。

この看板は一九六四年の夏に三人の手で玄関の上に掲げられて以来、多くの人の出入りを見守ってきた。近隣の老若男女は勿論のこと、遠来の読者や作家、編集者、報道関係者、芸術家、学生、旧友そのほか数え切れないほどの人々がこの看板をくぐったが、その足どりもおそるおそるだったり喧嘩腰だったり、あるいは千鳥足だったりとさまざまだった。またここを初めて訪れる人の多くは、その下に並んで記念写真を撮ったりもしたものだ。そして父の柩もこの下を仲間の肩に担がれていった。

私はここに看板と書いてきたが、辞書には門戸などに掛ける横長の額を意味する語として扁額とある。看板というのは商家の屋号などを記したものを指すのだそうで、筑豊文庫の扁額と呼ぶ方が正しいのかもしれない。しかし父も自ら「非国民宿舎」と呼んでいたし、ほとんど酒場か宿屋のような状態であったから、やはり看板と呼ぶ方が現実に近いような気がする。

建物の取り壊しにはマスコミの人々がくることがわかっていたので、この看板の取り外しはその前にこっそりとやった。知らせれば誰かくるに違いないが、私は一人でやりたかったのだ。これを掲げた上野英信本人が自分の手で閉じるのならば話は別だ。父ならきちんとしたコメントの一つも残して立派に幕を引くだろう。しかし今回は不肖の息子が白蟻に追われて逃げ出すようなものでカメラのフラッシュなど似合わないし、残す言葉とても「ごめんなさい」以外になにがあろう。

椅子の上に立ち、わずかに前に倒して取り付けてある板の裏に手を伸ばして結んである針金をほどくと、三十二年来の看板は簡単に外れた。私はそれを台の上に置き、手箒でまず表の埃を払った。墨書といっても長いこと光にさらされて薄くなっているので、布でこすったりすれば消えてしまいそうだ。

次に看板を裏返したがそこには土埃が厚く積もっていて、雀かなにかの糞の乾いたものもついている。雨の日にこの看板にとまって羽根を休めたのかもしれない。その埃を払っていた私は、えっと思って一瞬手を止めた。埃の下から文字が浮かび上がってきたのだ。急いですべての埃を払い落とすと墨痕も鮮やかに次のような言葉が現れた。

一九六四年八月孟夏朔日
西川の歳月百年の今日を憶い
十年の後に想いを託す
畏友上野英信、晴子さんの健康と

文庫の健在を祈念

正田誠一

私はすぐに母のもとへ見せに行ったが、母もこの文字の存在を知らなかった。そして「正田先生がこんなこと書いてくださってたのねえ、全然知らなかった。いつの間に書かれたのかしら」と不思議がって、長いことそのメッセージを見つめていた。

表の文字は日に幾度となく目にしながら、その裏側のこんな祈りと祝福の言葉に気付かずにいた母と私だったが、父は知っていたのだろうか。知っていながら黙っている人ではないと思うし、先生が「筑豊文庫」と筆を振るわれる様子はテレビカメラにも記録されていた。そんな中で誰にも見られずひそかに裏書きを残す余裕があったのだろうか。表に揮毫す

る前にすでにこう書いておられたのか、あとからそっと書き添えられたのか、などいろいろ推測してみたが先生も父もすでにこの世になく、確かめようはなかった。

もしかすると父もこのことを知らず、しかしこの看板をくぐるたびに先生の無言の励ましを受けていたのかもしれない。またあるいは父だけは知っていて、先生との誓いの証としていつもひとりで噛みしめていたのかもしれない。そしてそのいずれであったにせよ、父と母は託された想いに見事に応えたと私は評価したいが、正田先生はなんと言われるだろうか。

と同時に、このメッセージが長い間ほかの誰にも気付かれぬまま筑豊文庫を守っていてくれたように、父や母そして筑豊文庫は、表には見えない多くの力によって支えられていたのだとの思いを深くしている。

水ごはんをどうぞ——あとがきにかえて

両親が亡くなり、筑豊文庫も姿を消した後、嬉しかったのはルポライターの鎌田慧さんからいただいた手紙だ。幾度か我が家へこられたことのある鎌田さんは、いつも多くの来客で戦場のようであった筑豊文庫を振り返り、その片隅に佇んでいた私のことを「戦災孤児のようだったのでは」と書いてくださっていた。ああ、あの雑踏の中に私がいたことに気付いてくれた人もあったのだと、心に光が射し込む思いがしたものである。

そんな小さいころの楽しみのひとつは、お櫃に残ったごはん粒を食べることであった。母が洗い物を始めると私はそばで待っている。片付けも終わりのほうになって、母はそれまで水に浸しておいたしゃもじやお櫃の底から一粒残らずごはん粒をあつめ、水を切って私にくれた。幼い私はスプーンに二杯か三杯の、その水っぽい冷たいごはんが妙に気に入っていて、「きょう、水ごはんある?」とよく尋ねたものだった。

この本にまとめたできごとは、筑豊文庫という大きな鍋の底に残った、いわば水ごはんのようなものである。お客さんの目には触れることのない鍋の底。また若い世代なら気にもとめずに洗い流してしまうような蓋の裏。それはそれでいいのかもしれないが、貧乏性の私はどうしてもそれを捨てきれず、一粒ずつ拾いあつめてしまう。

戦災孤児があつめた水ごはんを客前に供するのは少々気が引けないでもないが、「居直り貧乏」も我が家の特技のひとつであるということで、思い切ってお出ししてみることにする。

一冊の本にするにあたって、海鳥社・西俊明氏が出版を引き受けてくださった。西氏には『キジバトの記』に続いて親子で世話をおかけすることになる。また、私の文章に助言や励ましをくださった元・朝日新聞社の小林慎也氏と、私の友人塩谷利宗・まり夫妻にもこの場を借りてお礼申し上げる。

なお、この本に使用した写真は母が遺したスクラップブックからのものである。本来撮影者に許可を得るべきであるが、母の亡き今となっては誰に撮ってもらったものかわからないものも多く、私の責任で使用したことをここに明記し、お詫び申し上げる。

二〇〇〇年五月一日

上野　朱

上野　朱（うえの・あかし）　1956年，福岡市に生まれる。1964年，小学２年生で鞍手に移る。高校卒業後，洋菓子製造，製麺業，内装業などさまざまな職業を転々とし，現在宗像市で古書店アクスを経営。妻と一男一女。

蕨《わらび》の家　上野英信と晴子

■

2000年６月10日　第１刷発行

■

著者　上野　朱

発行者　西　俊明

発行所　有限会社海鳥社

〒810-0074　福岡市中央区大手門３丁目６番13号

電話092(771)0132　FAX092(771)2546

印刷・製本　有限会社九州コンピュータ印刷

ISBN 4-87415-309-7

[定価は表紙カバーに表示]

海鳥社ホームページアドレス http://www.kaichosha-f.co.jp